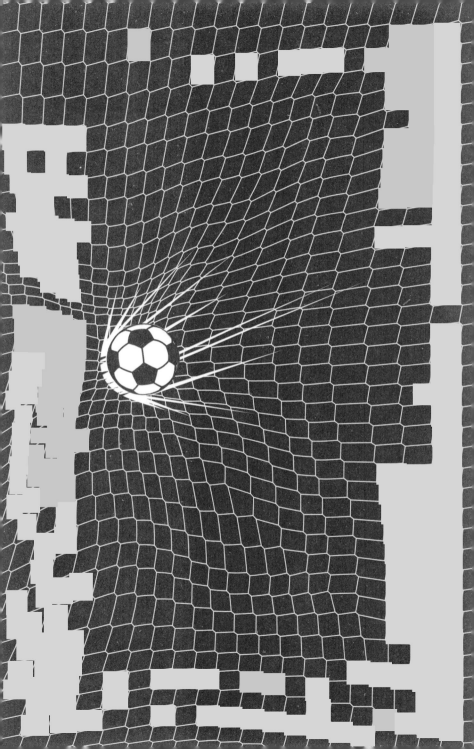

Papel certificado por el Forest Stewardship Council®

MIXTO
Papel procedente de
fuentes responsables
FSC® C117695

Penguin
Random House
Grupo Editorial

Primera edición: marzo de 2022

© 2022, Alexia Putellas
© 2022, Marina Tena, por la edición. Representada por Tormenta
© 2022, Penguin Random House Grupo Editorial, S. A. U.
Travessera de Gràcia, 47-49. 08021 Barcelona
© 2022, Ariadna Oliver Belmonte, por las ilustraciones
Diseño de cubierta: Penguin Random House Grupo Editorial / Judith Sendra

Printed in Spain – Impreso en España

ISBN: 978-84-204-5924-0
Depósito legal: B-940-2022

Compuesto en Punktokomo, S. L.
Impreso en Limpergraf
Barberà del Vallès (Barcelona)

AL 5 9 2 4 0

ALEXIA PUTELLAS

Una rival sin igual

Ilustraciones de **Ariadna Oliver**

ALFAGUARA

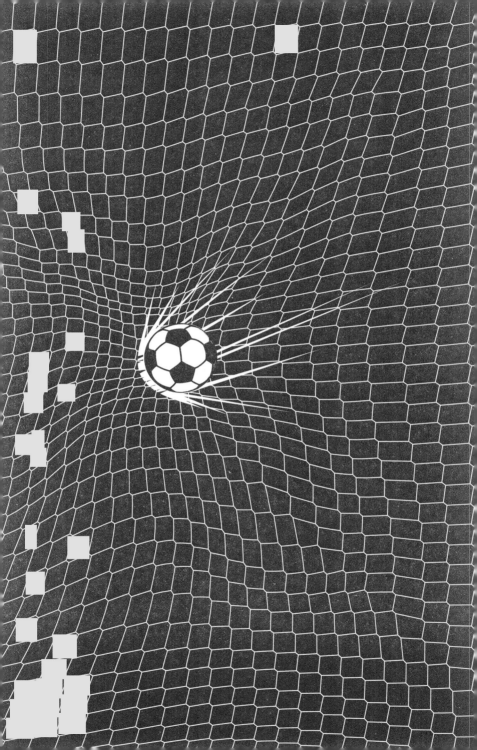

01:00

UN PREMIO IRRESISTIBLE

La pelota atraviesa el campo con un zumbido. ¡Menuda potencia tienen los jugadores del Trueno! Cualquiera diría que, en vez de desayunar cereales, se han tragado un tazón de pilas. Ahora entiendo por qué se llaman así. **¡Tienen la misma energía!**

¡Perdona! El partido está tan emocionante que ni siquiera te he contado dónde estamos. **EL AMISTAD** ha entrado en el campeonato regional, un torneo chulísimo con rivales duros y adrenalina en cada partido. Y, aunque no vamos mal, el Trueno nos lo está poniendo difícil. Hemos empezado con un golazo de Luci, sí, pero han remontado

7

en la segunda parte y ahora ¡seguimos empatados en tiempo de descuento!

—**¡Hay que detenerlos!** —grito.

No es que haga falta decirlo porque mi equipo no lo sepa, claro. ¡Todos son tan buenos y apasionados como yo! Pero una buena capitana siempre tiene que mantener la moral alta.

Sarah, nuestra lateral izquierda, logra interponerse, pero está menos enérgica de lo habitual y los jugadores del Trueno recuperan el balón antes de que pueda pasárnoslo.

—¡No vais a pasar de aquí! —exclama Lucas.

—¡Ese es el espíritu! —lo animo, a la carrera.

Lucas sale a por la pelota sin dejarse intimidar. Y entonces... **¡ZAS!** La delantera del Trueno chuta a un chico alto. ¿De dónde ha salido? Podría ser el hombre invisible, porque ni siquiera Patri ha sido capaz de interceptarlo.

—¡Todos a defensa! —ordeno, aunque le guiño un ojo a Gael.

Entiende, sin palabras, lo que quiero decir: todos atrás menos él. ¡Necesitamos un delantero preparado para aprovechar cualquier oportunidad! Gael no es solo uno de los mejores jugadores del equipo, también es uno de mis mejores amigos y, como tal, sabe interpretarme a la perfección. Solo hay una persona con la que tengo una **conexión aún más fuerte**, y esa es Miriam, nuestra portera. Veo que se ajusta las gafas entre los palos, sin perder de vista el balón.

Es casi infalible, pero el jugador del Trueno patea el balón con tanta fuerza que incluso yo me quedo sin respiración. ¡Menudo chute! La pelota vuela a la portería y...

CRASH.

Oh, no. ¡Conozco demasiado bien ese sonido! Las gafas de Miriam están en el suelo, con uno de los cristales destrozados. Eso sí, mi amiga sujeta la pelota justo a un milímetro de que entre en nuestra portería. ¡VIVA!

—¡Tenía que gustarle el fútbol en vez del ajedrez! —oigo a la madre de Miriam protestando desde las gradas—. No ganamos para gafas, ¡cada partido rompe unas!

—A mí no me digas nada, que es tu familia la que siempre ha sido **futbolera** —refunfuña el padre.

Se me escapa la risa por sus comentarios y por la cara de incredulidad de los jugadores del Trueno. ¡No contaban con una portera tan increíble como mi *bestie*! No pienso dejar que se recuperen de la sorpresa, así que echo a correr de vuelta hacia su campo.

—¡Aquí! ¡Estoy sola!

Miriam entrecierra los ojos, preparándose para sacar. Cualquiera pensaría que va a tirar a donde pille. O, mejor dicho, cualquiera que no la conozca. Puede que mi mejor amiga necesite gafas para ver bien, pero todo lo que le falla en la vista lo recupera con el oído. **¡Podría ser una especie de Batgirl futbolista!**

Miriam deja caer el balón al suelo y los insensatos del Trueno se acercan a ella, demasiado confiados... ¡Es entonces cuando Miriam chuta con fuerza y la pelota vuela directa a mí!

—¡Muy buena! —exclamo.

Escucho gritos en la grada. Controlo el balón con el pecho y corro con él como si fuera parte de mí misma. ¡He nacido para momentos como este! Avanzo hacia la portería, pero la defensa del Trueno empieza a cerrarse a mi alrededor.

No hay tiempo que perder. El partido está a punto de terminar y tenemos que desempatar como sea, pero ¿qué puedo hacer si estoy sola en el ataque?

Solo que no lo estoy. **¿Os acordáis de Gael?** Ha esperado todo lo discretamente que puede antes de acercarse a toda velocidad para apoyarme. Le paso el balón. Me lo devuelve. ¡El defensa pelirrojo del Trueno se tira a por nosotros y tengo que hacer un quiebro para esquivarlo!

—¡Estoy libre! —Gael ha encontrado el hueco y le paso el balón alto, bien alto.

El árbitro coge aire para indicar el final del partido. ¡Es nuestra última oportunidad! Tiemblo como un flan cuando Gael remata de cabeza. El portero se lanza a por el balón. ¡Todo el mundo contiene el aliento! El portero roza la pelota, pero se le escapa y...

—¡GOOOOOOOOOOOOOL!

La grada entera empieza a gritar, aplaudir y dar tantos saltos que pueden tirarla abajo en cualquier momento. ¡Cómo se nota que el Amistad levanta pasiones! El partido acaba justo después del golazo de Gael, que se pone a hacer equilibrismos para besarse la zapatilla.

—No seas asqueroso, ¡que está llena de tierra!

—Es la puntera de la victoria —dice antes de que Kike lo derribe de un abrazo.

2 a 1. **¡Pasamos a las semis!** Estamos cada vez más cerca de la copa regional. ¡Y no puedo estar más contenta!

Desde que tengo memoria, mi sueño ha sido ser futbolista. Mamá dice que no nací con un balón en los pies, pero que ya **pateaba** que daba gusto desde la tripa.

Sé que es difícil, ¡pero también sé que todo puede lograrse con esfuerzo! Y en el Amistad no dejamos de esforzarnos para ser los mejores.

Después de estrecharle la mano al **capitán del Trueno**, me uno a mi equipo y nos acercamos a Martina. Nuestra entrenadora nos felicita, pero también nos recuerda algunos fallos. Puede parecer muy dura, pero yo sé que tiene un buen motivo para hacerlo.

—No quiero que os confiéis. El torneo se va a poner más duro en las semifinales. Sarah, necesito que vengas más descansada. ¡Nada de quedarse hasta tarde viendo series antes de un partido! Leyre, no quiero que te vuelvas a distraer con el público. Cuando jugamos, el equipo tiene que funcionar como uno solo —nos recuerda nuestra entrenadora con voz de sabia—. Alexia, eres la capitana, tienes que estar atenta a todo.

—Sí. ¡Lo haré mejor! —Me pongo recta.

—Bien. —Hay una pequeña sonrisa de orgullo casi invisible en sus labios—. Buen partido, equipo.

—**¡VIVA EL AMISTAD!** —grito entusiasmada.

Y el equipo entero nos abrazamos. ¡Esta es la mejor sensación del mundo!

Lo primero que hacemos al coger nuestras mochilas de las taquillas es encender el móvil. Y no porque seamos adictos a los selfies y los followers. No, es que desde el torneo han creado una plataforma online con los perfiles de cada jugador para que todos nos conozcamos mejor ¡y podamos hacer nuevos amigos!

La idea es compartir un poquito de nosotros. Cómo entrenamos, qué hacemos en nuestro tiempo libre, qué nos gusta y nos asusta... **¡Igual que los jugadores famosos!** Pero... la verdad es que esto se me da fatal y no sé muy bien qué poner. ¡Ni siquiera he terminado el formulario inicial!

«Esperamos no haber atronado mucho al equipo del Trueno», pone Gael en su perfil.

Sacudo la cabeza. ¡Menos mal que luego hay un filtro y no se publica todo!

—Eres incapaz de estar cinco minutos sin hacer una payasada —me río—. No me puedo creer que precisamente tú pusieras el otro día que te dan miedo los payasos.

—Es **totalmente** distinto —protesta—. ¿A qué persona en su sano juicio le gusta que se le acerque un señor con una sonrisa enorme pintada en la cara? Es siniestro, ¡ni siquiera puedes saber cuál es su verdadera expresión!

—Pero es solo una persona —responde Miriam, que ya se ha puesto las gafas de repuesto—. Si son seres humanos, se les puede pillar antes de que te hagan nada. Un fantasma es distinto.

—Claro, porque no existen. —Gael le saca la lengua.

—No, ¡porque no hay forma de detenerlos! Y ya si vienen anunciados por cuervos... **Brrr.** Me encantan los animales, pero ¡esos pájaros solo traen desgracias!

—Tú aún no lo has respondido, ¿verdad, Alexia? —pregunta Gael—. ¿Es que no te asusta nada?

—**Claro que sí** —replico.

Pero no sé muy bien qué es lo que me da miedo. No es que sea la persona más valiente del mundo, pero no me importa la oscuridad ni me molestan las arañas. Al contrario que a Gael, a mí los payasos me hacen gracia, y tampoco creo en los espíritus, como Miriam. ¡Es tan supersticiosa que los graznidos de los cuervos pueden paralizarla de miedo!

Kike contó que se marea si ve sangre, y Patri dijo que desde pequeña les tiene pánico absoluto a las lombrices. ¡A las lombrices! Entiendo que te den asco, pero no miedo. ¡Si las puedes aplastar de un pisotón sin enterarte!

Supongo que **los miedos** son un poco caprichosos y a veces te eligen ellos a ti, y no logro encontrar el mío. Y debería poner uno pronto, porque la organización del torneo insiste en que respondamos a las preguntas que nos hacen para acercarnos más al público. Además, ¿quién sabe? Podría venir alguien de algún equipo grande a fichar futuros talentos, así que quiero hacerlo todo bien.

—Pon cualquier cosa —me sugiere Gael, cuando caminamos hacia la salida—. ¡El brócoli! ¡Las ardillas! O los caniches... **¡Tienen una mirada diabólica!**

—¡Si son adorables! —respondo.

¡Esto de decir qué me asusta es más difícil que elegir mi primer Pokémon! Supongo que me preocupa perder.

No: perder no es lo que me da miedo, lo peor es hacer que, por mi culpa, todo mi equipo pierda. Solo con pensarlo se me encoge el estómago. **¡ESO ES!** Cojo el móvil y escribo la pregunta que me falta del cuestionario:

«¿Qué es lo que te asusta?».

«Decepcionar a los demás», tecleo con rapidez.

Gael se asoma por encima de mi hombro para ver la respuesta.

—Va a ser difícil disfrazarte de decepción por Halloween —bromea, pero yo le doy a «enviar» antes de arrepentirme. ¡Una cosa menos!

—¿Habéis visto lo del premio? —pregunta Luci en voz alta. ¡Siempre consigue enterarse de todo la primera!

—¿A qué te refieres? —Me acerco a ella.

—La organización por fin ha desvelado de qué se trata: el equipo ganador podrá construir un campo de fútbol en su localidad. **¡Un campo con su nombre!** ¿Os imagináis?

Todos soltamos impresionados un «guaaau» enorme.

—¡Ya tenemos otro motivo para llegar hasta la final! —exclamo, y paso el brazo por los hombros de Leyre, que sigue un poco desanimada.

—Voy a hacerlo mejor la próxima vez —promete.

—Yo también pienso dar **el cien por cien** —dice Kike, ¡y sé que es cierto!

Lo que más me gusta de él es que siempre pelea hasta el último segundo. La palabra «rendirse» no está en su vocabulario. ¡Y, si él da el cien por cien, yo quiero dar el doscientos

por cien! ¡El mil por cien! ¿Es eso posible? Se lo tengo que preguntar a Miriam, que es a la que se le dan mejor las Matemáticas.

Pero tengo muy claro que no podemos dejar escapar una oportunidad como esta. ¡El campo de fútbol del Amistad tiene que ser una realidad! **¡Ese premio va a ser nuestro!**

02:00

LAIA Y EL HELADO DE PLÁTANO

¿Hay algo mejor que los cumpleaños? No lo creo, y mucho menos cuando el tuyo ¡cae en viernes!

Me levanto de un salto cuando el despertador (¡por fin!) suena. ¡Llevo una **eternidad** con los ojos abiertos de par en par! Y no es solo por la ilusión de que sea mi cumpleaños... Llevo toda la semana emocionada con el torneo. ¡Hemos logrado entrar en la recta final! Además, los entrenamientos han ido genial, así que estoy convencida de que podemos ganar. ¡Y llevarnos la copa y el campo con nuestro nombre!

Salgo del cuarto con una sonrisa... ¡sin sospechar que me espera una emboscada! **¡PUM!** Una explosión de confeti de los colores del Amistad explota en mi cara.

—¿Qué...?

—**¡FELIZ CUMPLEAÑOS!** —vocifera mi madre, la única persona en todo el planeta que se levanta con más energía que yo. ¡Os prometo que no desayuna churros con Monster, aunque lo parece!

17

—¡Mamá! —me río y me aparto los papelitos de colores de la cara.

—Queríamos que nuestra campeona empezara el día de forma **muy especial**. —Mi padre me da un abrazo de oso—. ¡Feliz cumpleaños, mi amor! No me puedo creer cuánto has crecido. ¡Si parece que fue ayer cuando te pasabas el día en pañales…!

—Y ya tiene doce años y es una superfutbolista —añade mi madre, orgullosa.

—¡Pero eso es porque me apoyáis en cada partido!

Intento abrazar también a mi madre, y solo entonces noto la caja que tiene en las manos.

—¿Qué es esto?

—Hija, que si es un lobo te come y no lo ves —responde con una carcajada—. **¡Es tu regalo de cumpleaños!**

Vale, sí, es una caja grande y de colores chillones. ¡Como para no verla! Pero en mi defensa diré que el confeti y los abrazos han sido una maniobra de distracción perfecta.

Cojo el regalo, tan emocionada que empiezo a abrirlo en mitad del pasillo.

—¡Espera, cariño! ¡Una foto! —dice mi padre…, pero es demasiado tarde. Para cuando el flash del móvil me ciega, el papel está por el suelo y tengo la boca abierta de par en par:

—No puede ser, ¡las nuevas **ELITE FIREFLY**! —grito, sacando las botas de fútbol de la caja.

¡Son aún **más bonitas** en persona que en la publicidad! Bueno, en persona no, ¿en calzado? ¡En directo! Son de un naranja fosforito y tienen la puntera amarilla. ¡No puedo evitar sentarme en el suelo y ponérmelas allí mismo!

—Pero, mi amor, que estás en pijama —me recuerda mi padre.

¡No puedo esperar para estrenarlas!

¡Me encanta celebrar mi cumpleaños! Claro que... ¿hay alguien en **el mundo entero** a quien no le guste? Mis amigos me esperan a la entrada para felicitarme, los profesores son un poco más amables conmigo (¡incluso la de Mates!) y en el recreo mis compañeros se desgañitan cantándome el *Cumpleaños feliz*.

Pero lo mejor vendrá esta tarde. Hemos quedado en La Bella. Es una heladería de dueños italianos, ¡y es la mejor de la ciudad! Además, ponen una música **geeenial**. La hija mayor se encarga de hacer de DJ, y sabe qué elegir para que te entren ganas de bailar mientras te terminas el cucurucho. Estoy a punto de salir de casa cuando Miriam me manda un mensaje:

«¿Te importa que venga una amiga? Sus padres han tenido que salir y le han pedido a los míos que se quede con nosotros».

«¡Claro que no!», tecleo a toda velocidad, antes de abrir la puerta de casa.

—¡Nos vemos luego! —me despido de mis padres.

—No llegues muy tarde, que mañana tienes que madrugar —me recuerda mi madre.

—¡Y voy a preparar la cena favorita de mi niña mayor! —añade mi padre desde la cocina—. **¡PÁSALO BIEN!**

—¡Hasta luego!

Cruzo la ciudad en bicicleta, fantaseando con ganar el torneo. ¡Un campo de fútbol con nuestro nombre! Es una pasada, suena tan profesional... No hay muchos equipos infantiles que puedan soñar con eso. Más me vale estar concentrada mañana, **¡una buena capitana tiene que asegurarse de que el equipo funciona bien!**

Y parece que concentrada voy a estar, porque ahora mismo estoy tan absorta con el partido que casi me paso la heladería de largo. ¡Menos mal que Miriam me llama con gestos!

—¡Alexia! ¡Aquí!

—Ups. **¡VOOOY!** —Aprieto el freno con tanta fuerza que derrapo y casi me caigo de la bici.

—¡Menos mal que eres la capitana de nuestro equipo de fútbol y no de ciclismo! —se ríe Lucas. ¡La mitad de mi equipo ya está aquí!

Intento echarme el pelo hacia atrás con un gesto glamuroso como la Viuda Negra, aunque se me queda un mechón por encima de los ojos. Bueno, je, je. Puede que no haya sido la mejor entrada para presentarme a la amiga de Miriam, que es la única a la que no conozco. Es más alta que yo y lleva el pelo recogido en dos trenzas. Cuando se sacude los vaqueros negros, me doy cuenta de que, sin querer, la he dejado perdida de arena con mi derrape. **¡Oh, no!**

—¡Hola, lo siento muchísimo! Espero que puedan lavarse bien —me disculpo. La verdad es que son unos pantalones muy molones, con rotos en las rodillas. ¡Sería una pena habérselos estropeado!—. Soy Alexia. Y tú debes de ser...

Ahora que lo pienso, aún no sé su nombre. Ella asiente, como esperando a que termine la frase, y noto que estoy haciendo el ridículo..., así que salgo como puedo de la situación:

—**¡La amiga de Miriam!**

Y suelto una risita. No sé por qué, de pronto me siento muy nerviosa. Ella, en cambio, parece tranquila.

Además de los vaqueros con rotos, lleva una camiseta superchula con un planeta plateado. **¡Parece una tía muy guay!**

—Sí, me llamo Laia. No te preocupes, seguro que se quita la mancha. Ah, y ¡felicidades! —dice con un encogimiento de hombros.

¿Estará un poco molesta? ¡Menuda primera impresión he dado!

—¿Sabes que Laia también compite en **nuestro** torneo? —dice Patri—. Nos lo estaba contando antes de que llegaras.

—¿Ah, sí? —Lanzo una mirada a Miriam. ¡No me había dicho nada!—. ¿En qué posición juegas?

—Extremo derecho —responde Laia con una sonrisita algo orgullosa—: Y también soy la capitana de los Black Storm.

—**¿De los Black Storm?** —Toñito ladea la cabeza—. Entonces ¡vosotros sois el otro equipo local!

—¡Y no cualquier equipo! —Kike la mira impresionado—. Los Black Storm sois la **apuesta fuerte** del torneo.

—Además del Amistad, querrás decir —replico.

¡De buenas! Que no estoy molesta ni nada. Pero es que el Amistad es muy buen equipo, ¡y no porque yo lo diga! Kike asiente sin apartar los ojos de Laia. Luci también parece olvidarse del resto del mundo.

—¡Los Black Storm! Es increíble. Tenéis jugadas chulísimas. Estoy deseando veros en un partido.

—A vosotros también os va bastante bien —dice Laia, sonriendo—. A lo mejor nos toca competir pronto.

¿«Bastante bien»? Bueno, la verdad es que se nos está dando **mejor que bien**. Pero, bueno, tal vez Laia no nos tiene demasiado controlados, no pasa nada. ¡Yo tampoco sé cómo lo están haciendo exactamente los Black Storm (aunque parece que soy la única que no está enterada, la verdad)!

Nos acercamos a coger una mesa mientras los últimos van llegando. El local está casi vacío, pero ¡nosotros prácticamente lo llenamos!

—¿Sabéis qué me han regalado mis padres? —comento mientras miramos la carta de los helados—. ¡Las Elite Firefly!

—**¡GUAU, ALEXIA!** —exclama Miriam.

—Estoy deseando estrenarlas mañana. ¡Seguro que se convierten en mis zapatillas de la suerte!

—Todas tus zapatillas son de la **suerte** —se ríe Lucas.

—¡Pero estas van a ser aún más especiales! —replico.

—Me las tienes que enseñar —sonríe Kike—. ¡Quiero pedir las mismas!

—Yo también las tengo —dice Laia, y se pone a contarnos el partido en el que las estrenó.

Guau, Laia parece **superexperta**... Aunque por su tono veo que las zapatillas tampoco le entusiasman demasiado... Y no sé qué pensar. A ver, solo son unas zapatillas, ya lo sé, ¡pero son chulísimas! Me hacía mucha ilusión tenerlas... Pero, bueno, qué más da.

Luego Laia empieza a contarnos que el verano pasado los Black Storm ganaron un partido contra un equipo del instituto. O sea, ¡de los mayores! Me la imagino jugando contra unos rivales mucho más grandes: **seguro que no se dejó intimidar ni por un segundo.** Escuchamos impresionados. Me encantaría poder contar una historia parecida de nuestro equipo, pero soy incapaz de dar con ninguna.

Impuntual como siempre, Gael llega y se une a nosotros. A mí casi se me había olvidado que íbamos a tomar un helado, pero, ahora que ya estamos todos, la boca se me hace agua. ¡Hay tantos sabores! Chocolate, caramelo, fresa, turrón, ¡incluso unicornio!

—¿Será el sabor preferido de los unicornios o estará hecho a base de unicornio machacado? —dice Gael.

—**¡GAEL!** —exclama Miriam, poniendo los ojos en blanco.

—Tenéis que probar el helado de plátano. Es el mejor de todos —dice Laia, como si se ganara la vida como catadora de helados. Habla con tanta seguridad que parece que llevara toda la vida en nuestro grupo. **¿Cómo lo hace para sonar tan firme?**

—¿De verdad? —pregunta Lucas—. El plátano no me gusta demasiado...

—Pero el helado sabe increíble, hazme caso —contesta Laia con una sonrisa.

—Bueno, eso va un poco según los gustos. —Me encojo de hombros—. Mi favorito es el de la bomba de chocolate.

—Los he probado todos. El helado de plátano es de otro nivel.

—Pues a mí me gusta más el de **chocolate** —insisto.

Laia se encoge de hombros y me mira a los ojos:

—Es un poco clásico, ¿no? A veces está bien atreverse con algo nuevo.

Pues no estoy de acuerdo. ¡El chocolate siempre es un acierto! Además, no tiene nada de clásico. ¡Si hay miles de tipos! Negro, blanco, con leche... y seguro que 997 estilos más en los que ahora no caigo. Y si fuera clásico no pasa nada. ¿Qué tiene de malo lo clásico?

Además, **¿a qué viene eso de atreverse con algo nuevo?** ¡Si no me conoce de nada! Soy la primera que se lanza a la aventura, ¡seguro que más rápido que ella! Me entran ganas de decirle que puede gustarte el riesgo y el chocolate, y, ya de paso, que no creo que los Black Storm sean la mitad de buenos que el Amistad. Pero soy educada y es mi cumpleaños, así que simplemente me giro hacia el dueño y le pido un helado:

—Una bomba de chocolate mediana, por favor.

—Siempre a lo seguro, ¿verdad, Alexia? —me responde con una sonrisa.

Me gustaría empezar la tarde de cero.

Paseamos por el parque. Es largo y hay sitio para jugar a varios deportes, una pista de skate y un paseo donde los adolescentes ocupan los bancos y se pelean por el espacio como si estuvieran jugando a un Monopoli gigante. Buscamos un sitio libre mientras trato de no escuchar cada una de las veces que comentan lo rico que está el dichoso helado de plátano. ¡¿Cómo les puede gustar tanto?! Por favor, ¡es solo un helado!

Por suerte, vamos hacia el paseo y eso siempre me pone de **buen humor**. Ahora que se acerca la primavera, está empezando a llenarse de flores y está precioso. Pero, cuando lo comentamos, Laia se pone un poco blanca.

—¿Os importa que hagamos otra cosa? El otro día había nidos de avispas entre los arbustos.

—No van a hacerte nada —la tranquilizo—. ¡Están a lo suyo!

—Laia es muy alérgica —interviene Miriam—. ¡Un picotazo podría matarla!

—Uy, vale. Lo siento. Entonces… podríamos ir a la parte del rocódromo —sugiero.

—Pero allí solo hay niños pequeños. —No me sorprende que Laia no esté de acuerdo conmigo—. **¿Y si nos sentamos cerca de los skaters?** ¡Hacen trucos chulísimos!

—¡Suena bien! —dice Sarah—. Tengo amigos que van de vez en cuando.

—Sí, y después de tanto entrenamiento me apetece pasarme un buen rato sentada y relajada —añade Miriam.

Pues nada, allí vamos. Pero siento que perdemos la tarde sin hacer nada interesante ni pasarlo bien. O, al menos, yo no me lo estoy pasando bien. El resto parecen entretenidísimos con las anécdotas de Laia. Ojalá tuviera cosas la mitad de interesantes que contar... Aunque, para ser sincera, a veces me parece que se está inventando la mitad.

Casi me alegro de que llegue la hora de irme a casa y despedirme del resto. Tengo que preguntarle a Miriam de qué conoce a Laia, porque **a lo mejor no es de fiar**. ¿Qué es lo que hace una chica como ella pasando una tarde entera con nosotros? ¿Y si se ha venido solo para conocernos y saber cómo vencernos en el campo? Después de todo, el Amistad tiene todas las de ganar el torneo...

—No, Alexia, frena —me digo a mí misma. Y no me refiero a la bicicleta, sino a esos pensamientos que me dan vueltas en la cabeza. A lo mejor ha sido todo un malentendido. No es que Laia me haya dicho nada malo de por sí. ¿Verdad? No puedo empezar a sospechar de todo el que se acerque a mi equipo.

¡Qué difícil es esto de mantener la cabeza fría cuando hay tanto en juego! Pero, como dicen los ingleses: «*Keep calm and play football*». ¿O era *soccer*? ¡Es que ni ellos se aclaran!

Al menos, llego a casa y el olor a **lasaña recién hecha** logra levantarme el ánimo. Voy hasta la cocina para poder olerlo mejor y darle un abrazo de koala a mi padre.

—¡Ya estás de vuelta! Espero que tengas hambre, cariño —me dice acariciándome el pelo—. ¿Habéis gastado mucha energía?

—No demasiada, pero la cena huele genial.

—Y eso no es todo. ¡He comprado un postre para la cumpleañera! —Saca un paquete de la nevera y noto cómo la sonrisa se me cae y la mandíbula se me descuelga.

—No puede ser… —murmuro para mí misma, horrorizada.

—**¡HELADO DE PLÁTANO!** Me han dicho que es el mejor. ¡Vamos a ponernos las botas!

03:00
EL CAMPO DE NUESTROS SUEÑOS

Adivinad quién es el último en llegar al entrenamiento. ¡Bingo! Ya hemos dado tres vueltas al campo para cuando llega Gael, monopatín en mano y con el pelo hecho un amasijo. **¿CÓMO SE LAS ARREGLA PARA SER TAN TARDÓN?**

No me gustaría ser él cuando Martina le echa la bronca. Gael agacha la cabeza, sabe que cuando nuestra entrenadora se cruza de brazos no hay negociación alguna: lo mejor es asumir tu error y tratar de arreglarlo cuanto antes.

Por eso, el pobre aún sigue corriendo mientras nosotros empezamos con los tiros. Llevamos unas cuantas series cuando, de pronto, un señor trajeado se nos acerca, muy sonriente. Es raro, **¿VERDAD?** Normalmente la gente que viste de esa forma tan elegante camina siempre con prisa, mira el reloj como si cada segundo estuviera cronometrado y tiene cara de mal genio, como si el traje les diera retortijones.

—Buenos días, chicos. Entrenadora, ¿me permite hablar con el equipo un momento?

—Si no perdemos mucho tiempo… —Martina arquea una ceja.

—Me bastan unos minutos. ¡Quería aprovechar la oportunidad para conocer al Amistad! Soy Darío y represento a Construcciones Castillos y Ladrillos: uno de los patrocinadores del torneo. **¡Buen partido el del otro día!**

—¡Que el último gol fue mío! —protesta Gael a lo lejos, sin dejar de correr.

—El mérito es de todo el equipo —digo yo, muy convencida.

Y es totalmente cierto. ¡No nos serviría de nada tener buenos delanteros si los defensas dejaran que pasasen los ataques! ¡O si a Miriam le colaran todos los goles! El Amistad funciona gracias al **TRABAJO EN EQUIPO**, ¡somos los mosqueteros del balón: todos para uno y uno para todos!

Darío asiente. Juraría que está divertido, pero puede que sea por los resoplidos de Gael; al muy exagerado se le escucha desde el otro lado del campo.

—Como sabréis, **el premio de este año es muy interesante** —continúa Darío—. La organización del torneo quiere construir un nuevo campo en la ciudad del equipo ganador. Y mi empresa, que es de aquí, como vosotros, conoce un sitio perfecto: ¡la Arboleda Norte!

—Mi abuela vive en esa zona —dice Miriam.

—¡Entonces estarás de acuerdo en que es ideal! —continúa Darío, ajustándose el traje—. Es un espacio desaprovechado, en las afueras. Ahora hay un parque un poco salvaje en el que no se puede hacer nada. Construir allí el campo del Amistad sería un honor para el equipo y para los vecinos, ¿no os parece?

—**¡Sería espectacular!** —dice Marta.

—¿Verdad? —Darío nos dedica su mejor sonrisa—. Y creo que tenéis posibilidades de sobra para conseguirlo.

Todos asentimos, emocionados. Bueno, todos menos mis mejores amigos, aunque por razones distintas. Gael porque sigue con las vueltas. Y Miriam…, no sé por qué Miriam pone esa cara tan rara, como si de pronto oliera mal.

—**¡TENEMOS QUE GANAR!** Un campo con nuestro nombre, ¡será nuestro! —Luci cierra el puño, como si pudiera agarrar esa idea.

—¿Y tiene que ser nuestro nombre? Podríamos buscar uno más divertido. —Cómo no, Gael, que ya empieza a acercarse, tiene que tener alguna ocurrencia absurda—. ¡Estadio Balón Pinchado! ¡O estadio los Cara Suela!

Darío mira a Gael con una sonrisa forzada. Sí, señor, él es así, no se asuste. Pero pronto se recupera de la impresión.

—Espero que ganéis el torneo para Castillos y Ladrillos, sería un honor construir el campo de vuestros sueños. —Le ofrece una **tarjeta** a Martina, que la coge con el ceño algo fruncido.

Está claro que tenemos que ganar ese premio y elegir el proyecto de Darío. ¡Su propuesta es **PERFECTA**!

—Bueno, chicos, ha sido un honor conoceros. —Darío también se da cuenta de la forma en la que nuestra entrenadora carraspea y mira su reloj—. No quiero robaros más tiempo. Estoy seguro de que llegaréis lejos. **¡Buena suerte!**

Nos quedamos un poco embobados con la idea del campo, pero Martina no tarda en retomar el entrenamiento. ¡Hoy toca el regate!

—Nuestro próximo rival son **los Fluencers** —nos informa—. Son rápidos y casi no fallan un solo tiro a puerta. ¡Así que no podemos dejar que se hagan con el balón!

—¿Los Fluencers? —Me giro hacia Miriam y Gael—. ¿Ese no es...?

—¡El equipo de Iris! —dice Miriam, recordando el verano anterior. Iris es de la ciudad de al lado, pero coincidimos en el campamento y..., bueno, puede decirse que ahora somos más amigas (aunque siempre seguirá siendo mi archienemiga).

—Bah, estará chupado —comenta Gael—. Seguro que se pasan más tiempo pendientes de Instagram que del partido.

—**En realidad he oído que son muy buenos** —dice Leyre.

—Y lo son, así que espero que no os lo toméis a broma. —Martina nos mira con seriedad—. Pero nuestro juego es mejor. Es importante que os la paséis, nada de hacerse la estrella. ¿Entendido, Luci?

Ella arruga la nariz, pero asiente. Luci es buenísima, en un uno a uno es imposible robarle la pelota. El problema es que suele venirse arriba y se le olvida que los demás estamos con ella. Y, claro, acaba rodeada por cuatro y se la terminan quitando.

Pero esta vez no pasará nada de eso. **¡Para eso estaré yo atenta a cada jugada!** Que los capitanes no solo somos *cheerleaders* para animar a los demás, ¡también tenemos que cuidar que no pasen estas cosas!

Aunque parece que hoy no estoy cumpliendo del todo lo de ser *cheerleader*. Durante el resto del entrenamiento,

Miriam no parece tan concentrada como debería. La conozco demasiado bien para no notar que le pasa algo. **¿Qué será?**

Cuando Martina toca el silbato para dejarnos ir a beber agua, troto hasta ella en vez de hacia la fuente. Gael también se nos acerca.

—¿Todo bien?

—Bueno... Estaba pensando en lo que ha dicho Darío —responde Miriam.

—Ha sido supermajo, ¿verdad?

—No lo sé. —Gael sacude la cabeza—. Tengo por principio no confiar en nadie que lleve corbata.

—No es que no sea majo. —Miriam se muerde el labio—. Es por lo que ha dicho, lo de construir el campo.

—¡MENUDA PASADA! —Ya me lo

estoy imaginando, ¡y no puedo contener la emoción!—. Yo también me pongo nerviosa al pensarlo, Miriam, pero no te preocupes. Da igual lo bueno que sean los demás equipos. ¡La victoria será nuestra!

—No es eso. —Mi amiga hunde un poco los hombros—. Es sobre la Arboleda Norte. Ya sabes, el sitio donde quieren construirlo. No me parece que sea el mejor lugar.

—¿Y eso? Darío ha dicho que estaba bien comunicado, aunque ahora no haya nada interesante ahí...

—**¡Es que sí hay cosas interesantes!** Es un bosque precioso. Hay animales, un montón de árboles, un lago...

—Gesticula con tanto entusiasmo que el guante casi se le

sale de la mano—. Mi abuela va allí a hacer yoga y reiki todas las semanas, y a veces yo la acompaño. Alexia, en serio, **¡es un sitio increíble!** ¿Qué va a pasar con todos esos animales si construimos allí el campo?

No sé qué decir. Quiero preguntarle qué es el reiki, pero imagino que no es el momento, así que le apoyo la mano en el hombro para tratar de animarla.

—¡Seguro que los de Castillos y Ladrillos **lo tienen todo pensado**! Además, si nuestro campo está allí, tu abuela podrá venir a verte jugar después de hacer yoga y... sus otras cosas.

—No lo entiendes —dice con tristeza—. Habría que quitar la Arboleda. La mayor parte al menos. Y ya no sería lo mismo.

Si soy sincera, yo no entiendo de energías, espíritus y rituales de sanación como Miriam, así que solo puedo asegurarle que **encontraremos una solución**. ¡Seguro que la hay! Además, Darío es el señor trajeado más amable que he conocido nunca. A lo mejor no sabe lo de la Arboleda. ¡O puede que lo sepa y ya esté todo controlado!

De lo que no tengo ninguna duda es de que no vale la pena preocuparse por el premio si no ganamos. ¡Así que más vale darlo todo en el entrenamiento! Después de los regates, practicamos los tiros a puerta y Martina nos hace correr (aún más) antes de terminar.

—¡Estoy muerta! —Las piernas me tiemblan tanto que no sé si seré capaz de hacer el camino de vuelta en bicicleta.

—Y eso que a ti no te ha hecho correr el doble —refunfuña Gael, que por primera vez en su vida no tiene fuerzas para hacer el cabra.

—A ver si aprendes a no llegar tarde —respondo antes de que una conversación llame mi atención.

Lucas y Luci gesticulan con incredulidad mirando el móvil. **¡HAN PUBLICADO LOS PUNTOS DE LA PRIMERA FASE!**

Me acerco a ellos para ver cómo hemos quedado, y entonces me doy cuenta de lo preocupados que parecen.

—¿Qué pasa?

—Mira cómo va el equipo de Laia. —Lucas señala su nombre en la clasificación—. **¡Menuda puntuación!**

Tengo preparado un discurso tranquilizador, pero cuando veo la cantidad de puntos que han acumulado los Black Storm pierdo el hilo antes de empezar a hablar. Van los primeros, justo por delante de nosotros, y nos sacan muchííííííisima ventaja. ¡¿Cómo puede ser?!

—Mira el segundo partido. —Luci se está poniendo blanca—. ¡Ganaron nueve a cero!

—A lo mejor era un equipo muy malo —trato de explicar, aunque reconozco el nombre: **TROYA.** Nosotros también les ganamos, pero lo conseguimos tres a uno. ¡No habríamos podido marcar nueve goles ni aunque jugaran sin portero!—. O puede que tuvieran un mal día.

—Eso no explica los demás partidos —murmura Luci.

—Bueno, ya, pero... Vamos, no podemos ponernos en lo peor solo por unos resultados. —Me llevo las manos a la cadera—. Puede ser que tuvieran buena suerte, ¡o puede que de verdad sean muy buenos! ¡Pero eso no significa que puedan con nosotros!

—¿Y si perdemos contra ellos? —protesta el Perfect.

—¡Pues perderemos peleando hasta el final! —Por fin, mi equipo empieza a animarse—. **¡El Amistad nunca se rinde!**

—¡Los Black Storm van a pasar de ser el equipo negro a estar verdes de envidia cuando les dejemos la portería como un colador! —grita Gael.

El equipo se ríe, jalea y se anima. ¡Y menos mal, porque me estaba quedando sin recursos para levantar la moral! Sin embargo, cuando nos despedimos, Miriam sigue con cara de **lechuga mustia**.

Me gustaría animarla, pero no sé qué decirle. La verdad es que a mí me haría mucha ilusión que construyeran un campo al lado de la casa de mi abuela... **¡Casi nunca puede venir a los partidos!**

Pero tengo que decirle algo. Al fin y al cabo, es mi mejor amiga.

—Miriam, sé que estás preocupada, pero solo son los nervios, **¡SEGURO!** A mí también me pasa, ya sabes cómo me agobio cuando me importa mucho la nota del examen; pero siempre me dices que aprobaré ¡y siempre tienes razón! **Ya verás, todo irá bien.**

—Ojalá tengas razón —responde ella, con voz tan siniestra que parece la de una profecía.

Una brisa fría se levanta y Miriam me lanza una mirada tan sombría que incluso a mí, que no creo en fuerzas místicas ni espíritus ni piedras mágicas, se me encoge el estómago.

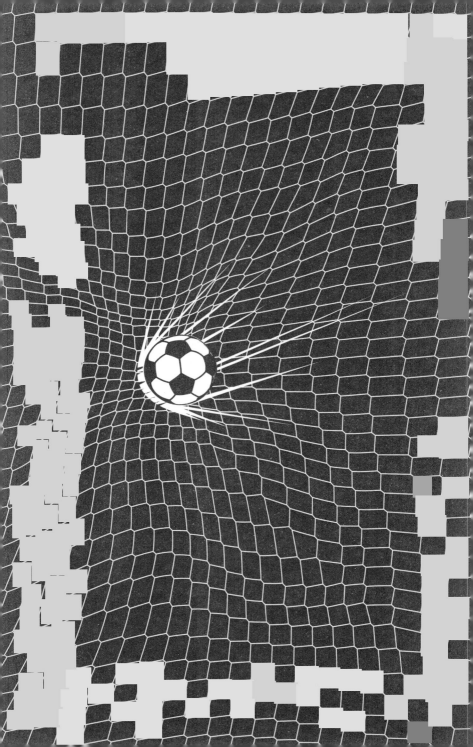

04:00

¡A DEFENSA!

Es la hora: las gradas rugen y el aire se llena de electricidad. **¡Estamos a punto de entrar al campo!** Me tiemblan las piernas, pero no os preocupéis, no es miedo: ¡es emoción! ¿Cómo voy a estar asustada con mis zapatillas de la suerte y el mejor equipo del mundo? Los Fluencers son buenos, sí, pero no cuentan con nuestra increíble defensa y nuestras alucinantes jugadas. ¡Todos mis compis saben que este partido está hecho para demostrar lo que valen! Incluso Vera y Juan, nuestros suplentes, están a tope. **¡Vamos a zamparnos esta semifinal!**

Mientras esperamos en el corredor, un hombre de la organización entra desde el campo.

—Todo está listo. ¡Ya podéis salir al campo! —exclama, sonriente, aunque sus ojos no parecen compartir ese buen humor—. **¡BUENA SUERTE!**

Le agradezco sus ánimos, ya que parece cansadísimo. ¡A mis padres también se les nota apagados cuando tienen que trabajar mucho!

Después, con el gesto de una capitana guerrera, abro camino hacia el campo.

—Gael, **LOS CASCOS** —regaña Martina a mi amigo cuando llegamos al terreno de juego.

—Solo es para escuchar música inspiradora antes del partido —protesta mi amigo, dejándolos en el banquillo.

—¿Y qué escuchas? —le pregunto.

—La banda sonora de mi videojuego. ¡Esta tiene hasta el sonido de picar madera!

Sacudo la cabeza, pero admito que me estoy aguantando la carcajada, aunque cuando miro arriba se me pasan las ganas de reírme.

Madre mía... ¡Pero cuánta gente hay aquí! Las gradas están a rebosar e incluso hay cámaras profesionales. *OMG!* Siento la tripa como si la tuviera llena de Coca-Cola; las

burbujas me suben por la garganta y me explotan en el cerebro. **¡Qué nervios!** Por suerte, distingo a mis padres en primera fila, y eso me ayuda a tranquilizarme un poco. ¡Podemos con esto!

Entonces sale el otro equipo. Llevan una equipación que parece sacada de la Pasarela Cibeles. ¡Incluso tienen sus redes sociales en la camiseta! Qué poco propio de los Fluencers, ja, ja. Me entran ganas de poner los ojos en blanco. Pero, ojo: confiarnos no debemos, como diría Yoda si fuera nuestro entrenador (Martina se le parece un poco; es igual de sabia, aunque un poco menos verde).

Por supuesto, Iris es la capitana. Le dedico una sonrisa mientras nos acercamos al árbitro.

—Me alegro de verte —dice—. ¡Una pena que sea para machacarte en el campo!

—¡Que te lo has creído! Al final te has enganchado al fútbol más que a las redes, ¿eh?

—**Una chica puede tener muchas caras.** —Me guiña un ojo.

—¿Cara o cruz? —pregunta el árbitro, interrumpiéndonos.

—¡Cara! —se apresura a decir ella. Vaya, se me ha adelantado. No es que sea supersticiosa, pero me gusta elegir cara. Aunque no podía esperarme otra cosa de Iris, claro.

El árbitro lanza la moneda al aire. La atrapa contra el dorso de la mano y... ¡cruz! Casi doy un salto en el sitio, pero me controlo. **¡Hay que saber ser una buena ganadora!**

Iris suelta un suspiro y se aparta el flequillo de la cara:

—La suerte del principiante...

—**¡Pero si llevo más tiempo jugando que tú!** —protesto.

Ella se ríe y me saca la lengua antes de alejarse. Me fijo en que corre mucho mejor que el verano pasado y parece más segura de lo que hace. ¡Conociéndola, sus padres son capaces de haberle puesto un entrenador personal! Los nervios vuelven con más fuerza y tengo que respirar hondo. ¡Mente positiva!

—¡Sacamos! —grito a mi equipo.

Gael lo celebra con un vergonzoso baile de la victoria mientras los Fluencers se colocan en sus posiciones.

PIIIIII. ¡Empieza el partido! Despacio pero seguros, empezamos a avanzar por el campo. No podemos confiarnos, en este partido ¡la defensa es crucial! Kike tiene el balón, pero lo acorralan y me lo lanza... aunque no llega a alcanzarme. ¡Y es que un borrón rubio lo ha interceptado!

—¡Vas más lenta que la conexión de casa de mis abuelos! —se ríe Iris con el balón en los pies.

¡Pero bueno! ¡Conque esas tenemos! Mi primer impulso es correr a tope para recuperar el balón, pero recuerdo la estrategia de Martina. **¡No podemos caer en su trampa!**

Dejo que Iris se escape y me quedo en mi zona, aguantándome a duras penas. ¡Me siento como esos galgos de las carreras, que no pueden evitar ir detrás del pañuelo!

47

Aunque, claro, yo tengo un poco más de autocontrol que un galgo...

Por suerte, nuestra estrategia funciona. Por mucho que lo intentan, ninguno de los Fluencers logra atravesar nuestra defensa, ¡ni siquiera Iris!

La pelota permanece en nuestro campo durante un buen rato, pero por fin la Muralla logra robarla y me la pasa de un tiro largo. **¡SÍ!** Casi grito de alegría cuando por fin me hago con ella. ¡Ahora sí que estoy jugando!

Avanzo lo más rápido que puedo, pero los defensas de los Fluencers me cierran el paso enseguida. ¡Sí que han entrenado! ¿Y si intento lanzar a portería?

—**¡AQUÍ!** —grita Kike.

Está más lejos que yo, pero tiene un tiro más despejado. ¡Y Martina dijo que nada de hacerse la estrella! Así que le paso el balón y él avanza, se prepara, dispara y...

—¡¡Qué paradón!! —grita el defensa de los Fluencers.

Su portero tiene cara de susto y ¡el balón en las manos!

—Menuda potra —se queja Gael.

¡Y, por si fuera poco, el árbitro pita el final del primer tiempo! ¿Ya? ¿Tan pronto? ¡Si ha pasado volando! Trotamos hacia el banquillo y noto el desánimo en las caras de mis compañeros. Me esfuerzo en parecer optimista, pero el partido no está yendo tan bien como esperábamos. Los **dos ceros** del marcador parecen los ojos enormes de un emoji sorprendido.

—No vamos tan mal —le digo al equipo.

—No, claro, podríamos haber perdido ya el partido —murmura Toñito.

—Que no, chicos, **¡nuestra defensa está funcionando!** Y además... —digo con voz tan convincente que me gano la atención del equipo. Solo que... ¡no sé qué decir!—. No os habéis fijado en... que...

—Van haciendo el ridículo, sí. —Gael sacude la cabeza—. Al menos nosotros conservamos algo de dignidad. No está bien meterse con la equipación de los demás, pero es cierto que parecen uno de los malos de *Las Supernenas*... Me aclaro la garganta.

—Venga, **lo estamos haciendo muy bien**. ¡Los estamos agotando! Puede que no hayamos marcado aún, pero estamos en mucha mejor forma.

—Eso es verdad. —Miriam se sube las gafas al hablar—. ¡Yo hasta me estaba quedando fría!

—¡Sí! Seguro que ahora los superamos en todo.

Cuando retomamos el partido, el Amistad parece más decidido que antes. ¡Y me siento orgullosa! Además, no soy la única que se da cuenta. Iris da órdenes nerviosa. Hasta el público parece notar el cambio de energía.

Sarah logra robar el balón. ¡Esta vez no hay piedad! Se lo pasa a Patri. Los delanteros corremos hacia la portería rival. ¡Es nuestro momento! Si me desmarco de los defensas...

—**¡¡¡AAHHHHH!!!**

¿Qué ha sido eso? Me giro y veo a Patri ¡corriendo hacia los vestuarios más blanca que la familia Addams! **¡PERO SI TENÍA LA PELOTA!** Miro al resto del equipo, boquiabierta.

—¡¿Qué ha pasado?! ¿Se ha lesionado?

—No tiene pinta, ha salido corriendo... sin más —responde Leyre, confusa.

Por el rabillo del ojo veo que Miriam agarra con fuerza el **amuleto** que siempre lleva a los partidos. Martina le dice a Vera que caliente antes de salir corriendo detrás de Patri.

El árbitro está tan confuso como nosotros, pero no para el partido y una chica alta de los Fluencers aprovecha para robar la pelota... ¡y lanzar a portería! **¡OH, NO!**

—¡¡La tengo!!

Solo Miriam era capaz de parar un directo así. ¡Y solo el Amistad es capaz de recuperarse tan rápido! Sí, estamos confusos y en desventaja de 11 contra 10, ¡pero no pensamos rendirnos!

¿Cuánto tiempo queda? No mucho, estoy segura. **¡No podemos terminar en empate!** Como si tuviéramos telepatía, Miriam levanta la cabeza. Intercambiamos una mirada de esas que solo se pueden compartir con tu mejor amiga. Y nos entendemos sin una sola palabra.

Me acerco disimuladamente hacia la zona de defensa y Miriam, sin previo aviso, lanza la pelota en mi dirección. Cuando echo a correr con el balón en los pies, ¡todo parece ponerse en marcha! Me desmarco de Iris, que no tarda en reaccionar y seguirme de cerca. En realidad, ¡jugar de defensa tiene su punto divertido!

—¡A por ella!

Dejo que me empiecen a rodear antes de pasársela a Luci, y ella avanza y regatea como si llevara toda la vida esperando este momento. ¡Menuda máquina! Se acerca a la portería, pero...

—¡Cuidado!

Dos defensas la rodean y ella sigue intentando avanzar. ¡Me temía que pudiera pasar esto!

Corro para colocarme cerca de ella, ahora sí, en mi posición de extremo. Me quedo casi sin aliento:

—¡Luci! ¡Recuerda lo que hablamos!

Veo su expresión y a las dos Lucis que pelean por el control: la que quiere la gloria de marcar el gol y la que quiere jugar en equipo. **No hay tiempo para decidir.** ¡La defensa más bajita se tira hacia ella!

Pero Luci es más rápida y patea la pelota. ¡Y allí estoy yo para recogerla!

—¡Todos arriba! —chillo mientras controlo el balón.

Logro regatear a un defensa, después a otro, y levanto la vista de la pelota para buscar a mis compañeros. Gael alza la mano. Chuto en su dirección. El tiempo se congela como si alguien pausara la jugada... ¡y mi corazón! Gael salta. La concentración le brilla tanto en los ojos que casi parece serio. ¿Ha esperado demasiado? ¿O va demasiado pronto? Controla el balón con el pecho y chuta con fuerza.

La pelota casi se lleva la red consigo.

¡GOOOOOOOOOOOOOOOOOOOOOL!

El estadio estalla en gritos. Quien más chilla es Gael, que me embiste y me carga a la espalda como un saco de patatas.

05:00

UN PARTIDO SOSPECHOSO

El partido se alarga un poco más, pero los Fluencers se han venido abajo desde el primer gol. ¡Y no es el último! Tenemos más energía que un equipo de Minions y no tardamos en meterles un segundo gol. ¡Y porque el partido se acaba, que si no marcábamos un tercero!

—**¡VICTORIAAAAAA!** —grita Gael, desatado.

El Amistad lo celebra por todo lo alto. Me muero por unirme a ellos, pero primero tengo que despedirme de Iris. ¡Y estaría feo que fuera dando botes de la emoción! Así que inspiro hondo, pongo mi cara más zen y me acerco a ella. Iris está cabizbaja y da suspiritos. Si es que es un poco *drama queen*.

—**Buen partido.** —Le tiendo la mano.

—¿Qué tiene de bueno? —gimotea—. ¡Así terminan nuestros sueños de construir un campo con spa para el equipo!

—¿Para eso ibais a usar el premio? —No puedo evitar mi sorpresa.

—Nos hacía tanta ilusión... Incluso habíamos pensado que la iluminación fuera bronceadora. Ya lo habíamos hablado con la constructora de mi padre. ¡Adiós a nuestro masaje tailandés después de los partidos...! ¡Y qué gran pérdida para nuestra ciudad! —suspira, llevándose el dorso de la mano a la frente.

Retiro lo dicho. ¿Un poco **drama queen**? ¡Podría ser la emperatriz del drama! Le doy unas palmaditas en el hombro para animarla cuando una voz hace que ambas nos giremos.

—¡Costa! ¿Qué ha pasado?

¿Costa? ¿De qué costa habla? El señor de la organización, el de ojos cansados, avanza hacia nosotras con gesto desilusionado. Estoy a punto de preguntarle a qué se refiere cuando Iris suelta un suspiro dramático y sacude la cabeza:

—¡Una lástima, Martínez! Espero que no haya apostado por nosotros. **¡Pero es que el Amistad es muy bueno!**

El hombre se fija en mí por primera vez y, aunque aún parece contrariado, me dedica una sonrisa:

—**ENHORABUENA, CAPITANA.** Una victoria muy merecida. Aunque —añade, girándose a Iris— es una pena que los Fluencers no sigan en el torneo. Me habría gustado veros más, Costa.

—Muchas gracias —responde ella, más animada, y se despide de él con toda la naturalidad del mundo.

—¿De qué lo conoces? —cuchicheo en cuanto nos alejamos hacia los vestuarios—. ¿Y por qué te llama Costa?

—Es mi apellido —responde divertida—. Él es Martínez... No recuerdo su nombre, pero es conocido de mi padre. Ya sabes, del mundo de los negocios. Muy majo, ¡aunque hasta este torneo no sabía que le gustaba el fútbol!

Me pregunto si en el mundo de los negocios estará de moda llamarse **por el apellido**. ¡O eso o tienen todos el mismo nombre y no quieren confundirse!

Me alegra ver que, a pesar de haber perdido, Iris está más pendiente del deporte que de las redes. ¡O casi! Porque insiste en que nos hagamos una foto con el filtro más kawaii que tiene en el móvil. Después de posar con orejitas de gato, me despido de ella y me uno a la celebración en los vestuarios de mi equipo. **¡Esto parece una fiesta, todo el mundo está contentísimo!**

Todos menos Patri, que está sentada en un rincón con los hombros hundidos. Me siento a su lado:

—¿Estás bien? ¿Qué ha pasado?

—Lo siento mucho. —Se muerde el labio inferior—. No he podido soportarlo.

—¿Pero te has hecho daño?

—No, es que he notado algo en el tobillo y... —Se estremece entera y por un instante estoy segura de que va a hablar de los espíritus de Miriam—. ¡Lombrices! Había un montón de lombrices en el suelo, pero muchísimas, Alexia. ¡Me trepaban por la zapatilla!

¡PUAJ! ¡Qué asco! Aunque lo de Patri es peor, porque ella no les tiene asco... ¡Les tiene terror! Ya es mala suerte.

@**iriscosta_love** con la bonita de @alexiaputellas
después del partido <3

Le cojo la mano y le doy un apretón. ¡La pobre parece a punto de echarse a llorar!

—Has hecho un partido buenísimo. ¡No te preocupes!

—Pero os he dejado **plantados**. ¡Casi perdéis por mi culpa! —Los ojos le brillan, así que pongo mi voz más convencida.

—**¡PERO HEMOS GANADO!** Y no podríamos haberlo hecho sin ti. ¡Has defendido nuestra portería como una vikinga!

Logro que se sienta un poquito mejor, y por fin ¡se anima a celebrarlo! Así que todos nos preparamos para darnos un buen atracón en la cafetería, ¡nos lo hemos ganado!

Cuando salimos del estadio, nos cruzamos con dos chicos que van en dirección a las gradas:

—¡Seguro que los Black Storm vuelven a ganar!

—Son el mejor equipo. ¿Crees que me firmarán la camiseta?

¿Cómo? Freno tan en seco que Toñito se choca conmigo.

—¡Uy, perdona, Alexia! ¿Ha pasado algo?

—Nada...

Nada, salvo que ¡mi cabeza se ha convertido en un enjambre de avispas! ¿Los Black Storm juegan ahora? ¿Laia juega ahora? **¡Necesito ver si son tan buenos!** Pero tampoco quiero estropear la celebración de mi equipo, así que me aparto con una excusa:

—¡Es que me he dejado la sudadera en los vestuarios!

—Pero si la llevas puesta —dice Miriam.

Ups, ¿por qué se me da tan mal mentir? Si fuera una asignatura, la catearía siempre.

—¡La de repuesto! —Antes de que me diga que nunca traigo nada de repuesto, me escabullo—. ¡Id sin mí, enseguida os alcanzo!

—¡Como tardes mucho me pienso comer **tus tortitas**! —grita Gael.

Me dirijo hacia las gradas como si fuera una espía en una misión secreta. Bueno, **¡realmente es una misión secreta!**

MODO INCÓGNITO

Quiero ver cómo de buenos son los Black Storm. ¿Han tenido suerte, son un equipo de superhéroes o cómo narices logran esas puntuaciones? Para meterme más en mi papel de espía, me pongo la capucha y las gafas de sol. **¡PERFECTA!** En vez de la agente 007, seré la 11, que es el número de mi camiseta.

Las gradas están bastante llenas, pero logro sentarme en uno de los bancos de la última fila. A dos asientos a mi izquierda, hay una mujer de piel morena y ojos rasgados que también podría estar en una misión secreta: lleva una cámara enorme, con un objetivo bien largo. Además, en vez de mirar el partido, toma notas en una agenda. **¿Será una ojeadora?**

Estoy tan lejos que al principio no logro ver bien a los jugadores, pero parecen normales: ninguno tiene tres piernas ni levita sobre el suelo. También veo a Laia, con sus trenzas y una expresión de seguridad en sí misma que hasta me da un poco de envidia. Bueno, no, no es envidia. No es que quiera ser como ella. Pero es verdad que tiene pinta de profesional... Entonces suena el silbato y el partido empieza. ¡Madre mía! Me tengo que quitar las gafas de sol para ver si es un efecto óptico o de verdad la pelota se mueve tan rápido.

Laia es **la estrella de su equipo**. ¡No corre, vuela sobre el campo! Está arriba, preparada para el ataque y... ¡fium! ¡De pronto está apoyando a la defensa! ¿Pero tiene motores en las zapatillas o qué?

Los Black Storm no son buenos, ¡son buenísimos! Se me encoge el estómago. Por primera vez me pregunto si podremos estar a la altura.

Entonces llega: ¡golazo de Laia! Las gradas lo celebran y el señor que hay delante de mí da un salto de alegría en el sitio. ¡Un momento! **¡También lo conozco!** Es Darío, el tipo de la constructora, y lleva el mismo traje que el otro día, ¡o uno parecidísimo! A lo mejor es como esos dibujos animados que cuando abren el armario solo tienen ochenta conjuntos iguales.

¿Qué hace animando a los Black Storm? ¡Menuda traición! ¡Con lo majo que parecía cuando hablaba con nosotros! Si ya lo dice Gael, nunca te puedes fiar de nadie con corbata. Pero ni siquiera me da tiempo de recuperarme de esta puñalada trapera porque **¡Laia marca otro gol!** ¡Y las gradas se vuelven locas!

No es justo. Estoy segura de que el público no lo ha celebrado tanto cuando nosotros estábamos en el campo. Es cierto que los Black Storm están haciendo un partidazo, pero... No me extrañaría nada que sean amiguitos de Laia y su equipo. ¿Acaso no nos dijo que compitieron contra un equipo de instituto? ¿Cómo van a poder hacer eso si no es gracias a tener algunos contactos?

Empiezo a ponerme de mal humor, y aún más cuando veo la **absurda decisión** que toma su entrenador. De pronto, dos de los defensas que estaban jugando estupendamente abandonan el campo y, en su lugar, entran dos suplentes a los que se les nota a la legua que no están a la altura. **¡JA!** Juan y Vera estaban mucho más preparados, y, de todas formas, Martina nunca haría un cambio así por ningún motivo. ¡Los Black Storm no son tan perfectos después de todo!

Y enseguida se demuestra que tengo razón: el otro equipo aprovecha la ventaja y... **¡Gol!** Hay aplausos, aunque parte del público parece confuso. Es verdad; no sabe del todo bien meterle un gol a un equipo que acaba de introducir a unos novatos en el campo, pero ¡ellos se lo han buscado! ¿Por qué habrán hecho esa tontería?

Sea como sea, los Black Storm están comprando todas las papeletas para perder. Y una vocecita en mi cabeza me dice que debería estar aliviada... ¡Pero no me parece justo! Será que soy muy Gryffindor, pero prefiero que me ganen antes de que me regalen la victoria.

Aunque... igual me estoy adelantando. ¡Porque Laia corre como si sus botas tuvieran alas! Solo verla me agota. ¡Coge la pelota! La pasa a un delantero, se abre hueco, la recupera... ¡Engaña a los defensas con un movimiento que parece de baile! Apunta, dispara y...

—¡GOOOOOOOOOL!

¿Esa que grita he sido yo? ¡Menuda espía de pacotilla! Ya sabía que no se me da bien mentir, pero al parecer tampoco puedo dedicarme al espionaje. Es que, cuando se trata de fútbol, me dejo llevar por la emoción, incluso si quien juega no me cae del todo bien. ¡Y ha sido un gol precioso!

Con una sensación extraña, me giro hacia mi derecha y la mujer que anotaba cosas ha desaparecido. ¡Un momento! ¿Dónde se ha metido tan rápido? **¿Quién era?**

A pesar de lo reñido del partido, está claro que los Black Storm van a ganar, así que me escabullo en cuanto puedo. No quiero que nadie me encuentre aquí. Solo que... el silbato que marca el **fin del partido** me pilla bajando, y de repente las escaleras se llenan de gente. ¡Adiós a mi idea de escaquearme antes que los demás!

Bajo los escalones que me quedan como puedo, agradeciendo que, al menos, el gentío me sirva de escondite..., y entonces lo veo.

Laia está apartada de los Black Storm, que celebran la victoria junto con su entrenador, y guarda en su mochila un tarro. Un tarro lleno de lombrices.

Me quedo de piedra. **¡HA SIDO ELLA!** Las lombrices no han sido ningún accidente, ¡las ha puesto ella aposta! No me fiaba de ella, pero ¡nunca me habría imaginado que fuera capaz de sabotearnos! ¡Cuanto más lo pienso, más claro me parece todo! Tengo que averiguar qué es lo que pretende, **¡y descubrirla antes de que sus planes nos estallen en la cara!**

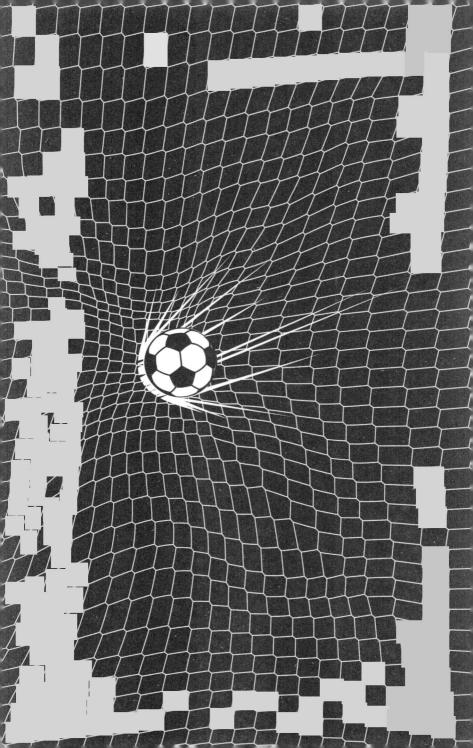

—¿Qué clase de equipo se llama los **KOALAS**? —dice Lucas.

—Dicen que cuando cogen el balón se agarran a él como si fueran koalas —responde Marta.

—No les va a servir contra nosotros —les aseguro—. Vamos a hacer tan buen partido como el finde anterior. ¡O puede que **mejor**!

—A ver si esta vez no te pierdes de camino a la celebración —me pincha Gael, y me pongo como un tomate.

No les he contado que en realidad me quedé para ver jugar a los Black Storm. Ni siquiera a mis mejores amigos. ¿Cómo le voy a decir a Miriam que Laia es **una tramposa**? Tengo la sensación de que no me creería... Y eso, por un lado, me duele, pero por otro lado ¡lo entiendo! Al fin y al cabo, es amiga suya. ¡Por eso necesito una prueba firme!

Me he pasado la semana dándole vueltas al asunto, pero creo que es mejor que ahora me lo quite de la cabeza.

Estamos a punto de salir al campo y tenemos que darlo todo. Si ganamos contra los Koalas, **¡iremos directos a la final!**

Sin embargo, mis buenas intenciones se van al garete cuando distingo a Laia en las gradas. ¡Pero bueno! ¿Qué hace ahí? ¿Qué trama? ¿Nos estará espiando? Y ni se os ocurra decir que yo hice lo mismo, ¡son casos totalmente distintos! En mi partido pasó **algo raro** y yo solo trataba de averiguar la verdad. Laia, en cambio, tiene una actitud sospechosa. ¡Incluso se ha puesto gafas de sol! ¿Haría una persona inocente eso? No, no me contestéis, ¡ya he dicho que mi caso era distinto!

Y no es la única cara conocida: la mujer morena está en el mismo sitio que la otra vez. ¡La pillo haciendo una foto y anotando cosas en su cuaderno! No tiene acreditación de la organización, y no parece familiar de ningún jugador. ¿Qué es lo que está haciendo aquí?

—¡Alexia! **¡EL SAQUE!** —me dice Luci. ¡Uy, es verdad! Que tengo la cabeza en las nubes.

Esta vez pierdo el saque. Habría elegido cara, pero se me han vuelto a adelantar. ¡Y, bueno, que tampoco es para tanto! No voy a dejar que esto afecte a mi juego. ¡Ni tampoco la presencia de Laia! Vamos, Alexia, ¡concentración! ¡Hay que pasar a la final!

La árbitra pita y ¡empieza el partido! Los Koalas vienen a toda velocidad en mi dirección. Me preparo para interceptar el balón y... ¡fiuuu! El delantero pasa a mi lado sin que ni siquiera lo haya tocado. He reaccionado demasiado tarde. Bueno, ¡no pasa nada! **¡El partido sigue!**

Los Koalas logran pasar la defensa ¡y disparan a puerta! Por suerte, Miriam la para sin despeinarse demasiado. ¡Qué tía! Parece uno de esos monjes que no se inmutan con la lluvia ni con las tormentas, pero que cuando quieren, ¡zas!, dan un golpe tan rápido que ni lo ves venir.

No puedo decir lo mismo de mí. La mirada se me va una y otra vez a las gradas. **¡Y Laia sigue ahí!**

Sacudo la cabeza. ¡Tengo que concentrarme en el partido! La Muralla se la pasa a Lucas, que regatea y deja atrás a dos oponentes. **¡Hay un hueco delante de mí!** Le hago una señal y echo un sprint para librarme del defensa, que me sigue como si se me hubiera pegado con Super Glue. Lucas chuta, ¡me la deja perfecta! Disparo con todas mis fuerzas y...

Fuera.

What? ¿Qué me está pasando? Hasta Gael me mira perplejo.

—¡Si ese pase era un caramelito!

—Ya, yo... No sé.

¡UF! ¡Estoy tan enfadada! Tengo que bajar a tierra, ¡no puedo jugar así! Parece que me hayan echado uno de esos males de ojo de los que tanto habla Miriam. ¡Estoy por acercarme y pedirle uno de sus amuletos de protección!

Para cuando me doy cuenta, los Koalas ya están en nuestra área. Madre mía, ¡qué manera de regatear! Incluso dejan atrás a la Muralla entre pases cortos. Por suerte, Miriam está concentrada. ¡Parece una maestra Pokémon preparada para atrapar al último que le falta!

La delantera de los Koalas chuta y...

¡CROOOC!

No ha sido el ruido de sus gafas. ¡Ha sido un graznido, que ha hecho que Miriam se quede blanca como la leche! La pelota pasa a su lado, rozándole el pelo y, por primera vez, nuestra portera no mueve ni un músculo para pararla.

—¡¡Goooooooool!!

Los Koalas lo celebran entre gritos de júbilo y mi equipo mira ojiplático a Miriam. Casi nadie sabe que le dan pánico los cuervos. Pero ¿dónde está el bicho? Miro a todos lados y no encuentro **un solo sitio** donde un cuervo pueda haberse escondido. ¡Con lo que me encuentro es con la mirada de Laia!

Bueno, sí, tiene las gafas de sol puestas, ¡pero estoy segura de que me está mirando! Laia también es amiga de Miriam, seguro que ella también sabe sobre su fobia a los cuervos. ¿Y si ella está detrás de todo esto? ¿Podría hacerle esto a su amiga? Qué tonterías digo, ¡claro que podría!

El balón está en juego de nuevo, pero estoy demasiado alterada. Miro a Miriam, que intenta ponerse firme, pero entonces… **CROOOC.** ¡Otro graznido la paraliza en el sitio!

¿Otro graznido? En realidad, ha sonado exactamente igual que el anterior. Pero eso no ayuda a Miriam, que

parece a punto de caerse redonda. Por suerte, esta vez la Muralla logra robar la pelota y **chuta con tanta fuerza** que la manda hasta el portero de los Koalas. Y, por fin, suena el pitido que marca el final del primer tiempo.

—Lo siento —balbucea Miriam cuando Gael y yo nos acercamos a ella—, yo..., los cuervos...

—No te preocupes, Miriam. No hay ningún **cuervo**. —Señalo los megáfonos—. Es una grabación. ¡Han sonado idénticos!

—¿Una grabación? ¿Por qué iban a poner algo así? —pregunta Gael.

—¡Porque nos quieren sabotear! Hay alguien que nos conoce bien y que quiere vernos perder —resoplo, sin estar segura de si debería revelar el nombre de la culpable.

—¿De verdad que no hay ningún cuervo? —Miriam traga saliva—. Es que parece muy real. ¡Y ese sonido trae mala suerte!

—De verdad de la buena —le prometo. Nos abrazamos y no sé si eso a ella le ayuda, pero a mí me hace sentirme un poco mejor.

—Aun así, no sé si puedo jugar con esos graznidos.

¡OH, NO! No tenemos forma de sustituir a Miriam. Sí, Vera o Juan pueden salir al campo, pero ninguno tienen los reflejos de monje shaolín de Miriam.

Tengo que hacer algo, pero **¿qué?** ¡Si ni siquiera estoy siendo capaz de jugar bien! ¿Y cómo voy a protegerla de algo que no es real? Es solo un sonido.

No puedo pedirle que juegue con las manos en las orejas, aunque… **¡Eso es!**

—¡Tus cascos, Gael! ¿Los has traído?

—Claro. El mundo de los videojuegos es muy sacrificado —responde muy solemne. Corro al banquillo a por los cascos inalámbricos de Gael.

—¡Toma! Con esto no escucharás nada. Gael, ¡pon alguna música en el móvil!

—¡Oh, no! ¡Gael no! —protesta Miriam.

—¡Oh, sí! ¡Gael sí! —dice él mismo, con una sonrisa traviesa, tecleando en mi pantalla.

La árbitra nos llama para empezar la segunda parte.

—¡A todo volumen! —exclama Gael

encantado, antes de volver al campo—. Así ningún pajarraco volverá a asustarte.

Miriam se coloca en la portería con cara de circunstancias, pero ya no parece a punto de desmayarse de miedo. Y, cuando un graznido suena de nuevo, mientras la pelota está en nuestra área, su expresión no cambia y hace un paradón digno de entrar en la historia de los paradones.

—**¡Qué portera!**

—¡Increíble!

—¡A ver si te duran las gafas, hija!

Es una pena que Miriam no pueda escuchar todas esas cosas que le dicen. ¡Toma esa, saboteadora! Lanzo una sonrisa a Laia, que sigue vigilando el partido con esas ridículas gafas de sol. ¡Esta vez no se saldrá con la suya!

¡Plonk! El balón me da en la cabeza y el lateral del Koala me lo roba con una risita. Menudo **FAIL**, con todas sus letras. ¿Cómo no he podido ver que venía hacia mí?

—Tierra llamando a Alexia. —Gael me sacude como si fuera un batido—. ¡Reacciona! ¡Seguimos en el partido!

Tiene toda la razón. ¡Y vamos perdiendo uno a cero! Menos mal que Miriam vuelve a parar el siguiente ataque. Esta vez se la pasa a Luci. Casi mejor, porque yo soy un desastre.

Luci se arriesga demasiado, pero esta vez le sale bien. Logra alejarse de los defensas y se la pasa a Kike, que corre con ella, y **¡GOOOOOOL!** El gol del empate. **¡VAMOS, VAMOS, VAMOS!**

Solo necesitamos uno más para ganar, pero los Koalas tampoco quieren irse del torneo. El balón se convierte en un borrón blanco y negro, de lo rápido que pasa de un área a otra. Y yo sigo teniendo dos pies izquierdos, porque lo pierdo antes de poder colocárselo a Gael, y, antes de que nos demos cuenta, vuelven a meternos otro gol. **¡NO!** No puede ser. **¡Tenemos que ganar este partido!** Y ya ni siquiera es por el trofeo o el campo. ¡Tengo que desenmascarar a Laia!

Por fin logro concentrarme lo suficiente para hacer un par de jugadas decentes, y poco después volver a empatar. ¡Pero solo quedan **unos minutos** de partido! Sarah recupera la pelota in extremis y me la pasa. Esprinto con todas mis energías. La chuto hacia Kike, ¡o lo intento, porque le doy tan mal que se la regalo al contrario! No me lo puedo creer.

Entonces, como si se teletransportara, Marta aparece detrás de mí y chuta con todas sus fuerzas.

¿Entra? **¡Entra!** Marta se marca un **GOLAZO** tan grande que pilla de improviso hasta a la árbitra, que tarda un poco en pitar el gol y el final del partido.

—**¡ERES LA MEJOR!** —chillo, lanzándome sobre ella.

—He visto la oportunidad —jadea, limpiándose el sudor de la frente.

—¡Ha sido increíble! —Gael se acerca para chocarle los cinco—. ¡Los Koalas están *deskoalacados*! **¡ESTAMOS EN LA FINAL!**

Todo mi equipo está eufórico. Todos menos Miriam, que se quita los cascos:

—Si vuelvo a escuchar la canción de *La cucaracha* me voy a poner a llorar —gruñe, dejando los cascos en el banquillo.

Quiero reír, pero no me sale. Me gustaría poder celebrarlo, abrazarlos, festejar la victoria, gritar hasta quedarme sin voz... Pero lo único que pienso es que, desde luego, no es gracias a mí. No me hace falta que Martina me diga nada para saber que no he estado a la altura. ¡Y todo por culpa de la **saboteadora**!

Casi de modo automático, levanto la cabeza para buscarla y... Un momento. Su silla está vacía. ¿Dónde se ha metido? No me lo puedo creer, ¡se me ha escapado!

¿Cómo se llama esta sensación? Es como tener un ratoncito royéndome los pensamientos. ¡Ni siquiera puedo celebrar que hemos pasado a la final! Por eso soy la primera en dirigirme a los vestuarios. Necesito estar un momento a solas, antes de tener que explicar por qué no he sido capaz de dar pie con bola, **¡literalmente!** Menos mal que los pasillos están vacíos. ¡Me da mucha vergüenza haber jugado tan mal!

Abro la puerta del vestuario con un suspiro. Y los problemas me saltan a la cara.

Laia me mira con los ojos muy abiertos.

—Esto no es lo que parece… —murmura.

Pero, si algo he aprendido de las películas, es que, cuando alguien dice eso, es **EXACTAMENTE** lo que parece. ¡Y lo que ahora parece es que Laia está rebuscando en mi mochila!

El **silencio** es tan tenso como en una película del Oeste. Solo falta un arbusto reseco que pase rodando entre las taquillas. Incluso me llevo las manos a la cadera, como si tuviera ahí dos pistolas. Laia tampoco aparta la vista de mí; de hecho, me mira con los ojos entrecerrados.

Alguna de las dos tiene que abrir fuego, y digamos que yo no estoy muy tranquilita después de este partido.

—¡Lo sabía! **¡Sabía que nos estabas saboteando!** —La señalo con un dedo.

Por un momento, a Laia se le cambia el gesto.

—¿Qué?

—¡Has hecho que reproduzcan esos graznidos por los megáfonos!

Ahora vuelve a entrecerrar los ojos. Parece hasta ¡enfadada! ¿En serio?

—¡Estás **peor** de lo que creía! —exclama—. ¿Por qué iba a hacer eso?

—¡Porque conoces a Miriam y sabes que le dan miedo los cuervos! —digo cruzándome de brazos.

—¿A Miriam le dan miedo...? —Laia parpadea varias veces con carita de inocente. ¡Ja! Menuda forma de hacerse la tonta—. Nunca me lo ha dicho.

—Ya, seguro que no. —Ladeo la cabeza—. ¿Y qué buscabas entre mis cosas? ¿Alguna nueva forma de sabotearnos?

—No necesito sabotear a nadie para ganar —tiene la jeta de decirme—. Al contrario que vosotros, los Black Storm jugamos limpio.

—¡Ah, sí, claro! ¡Tan limpio que el finde pasado pusiste **lombrices** en el campo para que Patri no pudiera jugar!

Laia me mira perpleja.

—**¿Que yo he hecho qué?** ¿Te das cuenta de lo ridículo que suena eso? —Tiene la cara roja. Claro, de la vergüenza de que la haya pillado con las manos en la masa.

—¡Te vi con el bote de lombrices! ¡No lo niegues!

—¡Menuda excusa! Antes del segundo tiempo nos dimos cuenta de que había un montón de lombrices en el césped y las recogimos para poder jugar en condiciones. ¡Por eso las metí en un bote! —Parece tan sorprendida que por un momento me hace dudar—. Además, **yo no hago trampas**. No soy ese tipo de persona.

—Claro, solo eres el tipo de persona a la que le gusta hurgar en las mochilas de los demás. —Me acerco a ella para empezar a meter dentro todo lo que ha sacado: mi ropa de repuesto, mi botella de agua... ¡Hasta mis calcetines están del revés! Le tiro uno, enfadada, pero lo atrapa al

vuelo con unos reflejos de ninja—. ¿Qué buscabas? Aparte de saboteadora, ¿también eres ladrona?

—¡Claro que no! Buscaba pruebas de que eres tú la que está jugando sucio.

Me tira el calcetín de vuelta. Por supuesto, lo hace con mejor puntería que yo y, aunque intento esquivarlo, se me engancha en la coleta. **¡Venga ya!** ¿Tiene que dársele bien incluso el lanzamiento de ropa?

Pero lo peor es que me mira acusadoramente.

¡Ella a mí!

—La semana pasada casi lo consigues —sigue—. Dos de mis compañeros se asustaron tanto al ver sangre en sus zapatillas que tuvieron que dejar de jugar. ¡Y resulta que era sangre **falsa**! Alguien —me mira con intención— sabía que le tienen fobia a la sangre y les había metido un par de cápsulas en las suelas. Y luego, al mirar a las gradas, ¿a quién veo, disfrazada y vigilando el partido? —Se acerca a mí con el ceño fruncido—. Exacto, a la capitana del Amistad.

Alzo las manos para frenarla. **¡UN MOMENTO!** *Pause, Stop...* Esto se está liando demasiado. Vale, sí, estaba viendo cómo jugaba y recuerdo que cambiaron a dos defensas sin motivo aparente..., pero ¡eso no tiene nada que ver conmigo! ¡Yo no amaño partidos! ¡Es ridículo!

—Eso no tiene ni pies ni cabeza —protesto—. ¿Cómo iba a saber que tus defensas le tenían fobia a la sangre?

—¡Pues gracias a los perfiles de la competición!

¿Los perfiles de la...? Oh. Vaya. No había caído en esa posibilidad. Pero, ¡espera!, Alexia, ¡recuerda quién es la saboteadora!

—¡Ni siquiera he mirado esos perfiles! —respondo, sacudiendo la cabeza—. Admítelo, has sido tú, ¡has estado saboteándonos!

Se produce un silencio tenso, en el que veo a Laia dudar. ¿Por fin confesará? Pero entonces, de pronto, se abre la puerta:

—**... YA NO PUEDE CAMINAAAAAAR** —berrea Gael.

—Si cantas una sola palabra más te voy a... ¿Alexia? ¿Laia?

Miriam y Gael nos miran tan sorprendidos como si acabaran de descubrir la identidad de Wonderwoman y Supergirl. Sí, a ver, el **panorama** es un poco raro: una jugadora en un vestuario que no le toca y yo con mi mochila abierta, un calcetín en la mano y el otro en la cabeza. ¡Pero aún no saben nada de lo que ha hecho la «amiguita» de Miriam!

—¿Qué haces aquí? —le pregunta mi mejor amiga.

—¡Intentar que perdamos a toda costa! —respondo antes de que Laia se me adelante.

—¿Qué? —Miriam suelta una risita incrédula.

—Ha estado vigilándonos todo el partido —replico—. Y, cuando llego aquí, ¡voy y me la encuentro fisgando entre mis cosas!

—Laia..., **¿eso es verdad?** —pregunta Miriam.

¡Ja! ¡Este es tu fin, saboteadora!

—Sí, es cierto —asiente Laia, muy seria—. Nos sabotearon el partido de la semana pasada y creía que había sido Alexia... Pero me estoy empezando a dar cuenta de que ella sabe tan poco del asunto como yo. —Luego se gira hacia mí—. Lo siento, Alexia.

¿Qué? ¿Me pide perdón **AHORA**?

—Miriam, no le hagas caso. ¡Es ella la que nos está saboteando a nosotros! Primero con Patri y ¡hoy contigo! Sé que es tu amiga, pero no es de fiar.

—¿Cómo puedes decir eso?

Oh, no, conozco esa mirada. Los ojos le brillan y el borde del labio le empieza a temblar. Me hace sentir la peor persona del mundo, ¡y no es justo! ¡Es Laia la que la manipula así!

—Miriam, ¡en serio! Ella sabía el miedo que te dan los cuervos, ¿a que sí? —insisto—. ¿Quién mejor que ella podía usarlo para que te desconcentraras en el campo?

—**¡Laia nunca haría algo así!** Además, ¡ni siquiera lo sabía! Nunca se lo había contado.

¿Cómo...? Entonces, lo que Laia ha dicho... ¿era verdad? De pronto, toda mi seguridad se tambalea como una torre de Jenga a la que le quitas una pieza de abajo. Miriam parece enfadada, ¡y eso que es muy difícil que se enfade! Laia suspira:

—Siento mucho todo esto. Yo solo quiero averiguar **quién** está intentando amañar el torneo. Pero parece que los Black Storm y el Amistad tenemos un enemigo común. Perdona el **mal trago**, Miriam —dice, y se gira hacia la puerta.

—No, espera. —Mi mejor amiga se ajusta las gafas y se acerca a ella—. Voy contigo.

—¡Miriam!

Intento detenerla, pero ella niega con la cabeza y me responde con voz muy firme:

—No quiero volver a escuchar cómo acusas a una amiga mía de amañar partidos. Ella te ha pedido perdón, pero tú como si nada. ¡La presión te está haciendo perder la cabeza!

Me quedo quieta. **PETRIFICADA.** Miriam ni me mira cuando sale del vestuario. Laia sí que lo hace y estoy segura de que se va a reír de mí o me va a hacer algún gesto de burla. Pero, en vez de eso, me mira casi con pena. ¿A qué está jugando?

La puerta se cierra y me quedo a solas con Gael. El silencio es tan intenso que me pita en los oídos. Casi preferiría que Gael volviera a cantar *La cucaracha*. Pero, bueno, al menos no se ha ido con ellas.

—¿Crees que me lo he inventado? —le pregunto con un hilo de voz.

Gael se acerca para quitarme el calcetín de la cabeza:

—**Creo que sí que pasa algo** —dice.

—¿De verdad?

—Claro —responde con una sonrisa—. Pero también creo que, sea quien sea el que nos está saboteando, tampoco

quiere que gane el equipo de Laia. No tiene sentido que sea ella.

—Es que se ha comportado de una forma **extraña**. —Me muerdo el labio—. ¡Y la he pillado rebuscando entre mis cosas!

—Vale, vamos a ver. —Gael se acaricia una barba imaginaria, pensativo—. **¿Qué haría un buen detective?** Yo creo que tenemos que ir paso a paso. ¿Estamos seguros de que alguien intenta sabotear los partidos?

—Apostaría mis zapatillas nuevas —respondo sin dudar—. Además, tenemos pruebas: lombrices, sangre falsa, el graznido del cuervo...

—Me has convencido. —Gael asiente y finge que toma nota en una libreta invisible—. ¿Y estás segura de que es Laia?

—**¡SÍ!** —respondo.

—¿También tienes pruebas contra ella?

—¡Claro! —Pero lo pienso mejor y me encojo de hombros—. Bueno, no. Ay... No lo sé.

Puff. Hace un momento habría dicho que ¡por supuesto! El increíble marcador de los Black Storm, el hecho de que nos estuviera vigilando este partido... Pero, ahora que sé que su equipo también ha sido saboteado, no estoy tan segura.

—¿Se te ocurre algo que **de verdad** la señale a ella? —insiste Gael, muy metido en su papel de detective.

—Había dado por hecho que sí, pero...

Resulta que no sabía lo del miedo de Miriam. Además, ¿cómo pudo trucar los megáfonos si estaba entre el público? Y la semana pasada solo la vi recogiendo las lombrices, no soltándolas.

—Vale, puede que Laia no tenga nada que ver —confieso—. **¡Pero sé que está pasando algo muy extraño!**

—En eso estamos de acuerdo. Y, si tenemos el mismo misterioso enemigo común, se estará frotando las manos.

¡Le va genial que nos acusemos unos a otros! —comenta Gael—. Tenemos que averiguar **quién es**.

—Pues nos hemos quedado sin sospechosos —murmuro abatida. Por un momento, pienso en la mujer morena..., pero tampoco tengo pruebas, y creo que ya he aprendido la lección.

Gael me da con el calcetín en la mejilla.

—Entonces habrá que ponerse manos a la obra, ¿no? ¿O la capitana del Amistad va a darse por rendida?

—¡ESO NUNCA!

Tiene razón. Puede que haya metido la pata hasta el fondo al sospechar de Laia. Pero no solo en el fútbol hay que levantarse cuando te caes. ¡También en la vida real! Y menos mal que tengo a Gael a mi lado, porque, aparte de cantar mal, llegar siempre tarde y contar chistes malos, sabe levantarme el ánimo cuando más lo necesito. Me levanto decidida:

—¡Vamos a investigar hasta encontrar al verdadero culpable!

—¡Eso sí que suena más como la Alexia de siempre! —dice Gael, levantándose también—. **50 % decidida, 50 % mandona y ¡100 % a tope!**

Puede que las matemáticas no cuadren, pero hay otra cosa más importante que no encaja en este torneo. ¡Y ahora estoy decidida a averiguar lo que es!

87

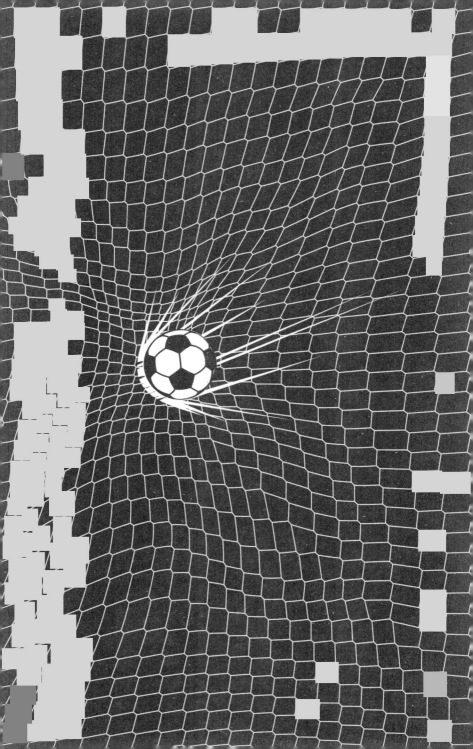

08:00

PROTESTAS EN LA ARBOLEDA

Esta vez, en vez de pedalear a toda prisa, hago el camino despacio. Pero no es por el cansancio: es por los remordimientos. Ayer fue **uno de esos días** que me gustaría poder empezar de nuevo. Si mi vida fuera un canal de YouTube, lo borraría antes de que nadie más lo viera. Ni siquiera yo quiero recordarlo.

Menos mal que Gael me ayudó a ver las cosas con claridad. Madre mía, ¿veis cómo suena? ¡Cómo de mal estaba para que Gael fuera el más razonable de los dos!

Sé que me equivoqué, y no quiero pasar más noches sin dormir. Ha llegado el momento de arreglarlo, ¡o por lo menos intentarlo! Papá siempre dice que **un error es una nueva oportunidad para hacerlo mejor**. No sé si lo leyó en un libro o en un sobrecito de azúcar, pero un buen consejo es un buen consejo. Por eso pedaleo en dirección a casa de Miriam.

Llevo en la mochila los **CUPCAKES DE LA PAZ**. ¡Nadie se resiste a ellos! La receta varía, porque hay que

⁑ CUPCAKES DE LA PAZ ⁑

MIRIAM

hacerlos del **sabor favorito** de la persona con la que quieres hacer las paces. Los de Miriam son de vainilla y limón. Papá me ha ayudado a hornearlos esta mañana. Solo espero que Miriam no esté tan enfadada como para no querer probarlos.

Cuando llego a su casa, su madre me abre la puerta sorprendida.

—Hola, Alexia —me saluda—. ¿Habías quedado con Miriam? **¡Esta chica es un desastre!**

—¡No, no habíamos hecho planes! Se me había ocurrido venir por sorpresa. ¿No está en casa?

—No, los domingos va a hacer yoga con su abuela, a la Arboleda Norte. ¿Sabes por dónde queda?

—Lo miraré en el móvil. ¡Muchas gracias, adiós!

Y me pongo en marcha de nuevo, esta vez **más animada**. Además de hablar con Miriam, ¡podré conocer el sitio donde podría estar el primer campo del Amistad!

Según el GPS (¡bendito GPS!), la Arboleda está bastante cerca. Tengo que seguir recto tres calles más y luego torcer a la derecha. Según avanzo, me encuentro con casas más bajas y parques llenos de bicicletas y niños. Me emociona pensar que, dentro de poco, todos ellos podrían venir a jugar a nuestro campo. **¡Sería alucinante!** Pero para eso tenemos que ganar. ¡Y para ganar tenemos que descubrir quién está detrás del sabotaje!

Tuerzo la última esquina con rapidez y los cupcakes saltan en mi mochila. ¡Ups! ¡Espero que el *frosting* siga en su sitio!

Es entonces cuando lo veo.

—¡Hala...!

Qué pasada. ¡No conocía este sitio! Es como un pedazo de bosque en mitad de la ciudad. Hay árboles de varios tipos y un camino de tierra que serpentea entre ellos. Se escuchan risas y ladridos de perros que juegan a perseguirse. ¡Es precioso!

Me bajo de la bici y continúo a pie, porque si sigo montada mientras miro a todas partes voy a acabar en el suelo.

Hay **TANTA PAZ** aquí que hasta me entran ganas de hacer uno de los rituales de Miriam.

Solo hay algo que contrasta con tanta naturaleza: los carteles que bordean el camino. Veo un grupo enorme que se agolpa a su alrededor, y me acerco por **curiosidad**. Hay de todo: un par de familias, ancianos en mallas de yoga, dos chicas con prismáticos, varios adolescentes con ropa hippie e incluso un par de perros. Lo único que tienen en común es la expresión de indignación con la que miran los carteles.

—Es una pena... **¡No tienen vergüenza!** —está diciendo una de las señoras, con el pelo corto y un perrito blanco.

—Eso sí, luego bien que dan la murga con el medio ambiente, ¡pero lo que tenemos nos lo cargamos! —protesta un señor que lleva un bebé a la espalda.

—El dinero es el dinero —suspira una de las chicas con prismáticos—. Y ya ves, **¡para fútbol o casas de lujo!** ¡Como si eso nos hiciera falta!

¡Oye! No quiero protestar en voz alta porque no es mi conversación, ¡pero no había necesidad de meterse con el fútbol! Me acerco un poco más al grupo para poder ver los dichosos carteles que los indignan tanto.

Hay un cartel enorme de Castillos y Ladrillos, la empresa de Darío. Anuncia que, posiblemente, construya aquí un campo de fútbol. Claro, **¡EL NUESTRO!** Pero el cartel de al lado, de una empresa llamada M y M, anuncia un proyecto para levantar una urbanización de lujo.

—No puedo creer que sigan adelante con la venta del parque... —El hombre canoso que habla parece más disgustado que yo delante de un plato de coliflor.

—Pero ¿qué más podemos hacer? —se lamenta uno de los adolescentes—. Hemos protestado, hemos recogido firmas. **¡Incluso lo he compartido en TikTok!** Nadie nos escucha.

—Tendremos que ser **más contundentes**. —La mujer que habla suena decidida. Aún tiene pelo anaranjado entre las canas. Y de pronto me doy cuenta: ¡Miriam está a su lado! Debe de ser su abuela—. Yo propongo que nos atemos a los árboles cuando intenten talarlos. ¡Aguantaremos lo que sea necesario!

—No sé yo, Mari Carmen, que con el reúma no estoy para pasar la noche abrazado a un tronco.

—A mí mis padres me matan —murmura la otra chica de los prismáticos.

Entonces todos empiezan a debatir y a proponer soluciones desesperadas. Aprovecho **el caos** para llamar la atención de Miriam, que me mira sorprendida. Solo entonces me doy cuenta de que está al lado de Laia. Ups.

Al verme, la capitana de los Black Storm se pone tan tensa como una vikinga que se prepara para la guerra. Sé que no hemos empezado bien, ¡y me sigue pareciendo mal que rebuscara entre mis cosas! Pero Gael tiene razón y nos enfrentamos a un enemigo más grande. ¡Hay que vencer al *Big Boss*! Así que sonrío.

Miriam da un toquecito en el brazo a su abuela:

—Ahora volvemos, yaya.

—Vale, hija. Tú ten cuidado. ¡No vaya a aparecer una excavadora! Esta gente está al acecho y en cuanto te descuidas... **¡ZAS!** ¡Te construyen un hotel en la cocorota!

Las tres nos alejamos para poder hablar con tranquilidad.

—¿De qué iba eso? —pregunto.

—Hay dos constructoras peleándose por este terreno; la de Darío, que quiere construir un campo de fútbol, y otra, que quiere construir pisos de lujo. **¡Pero la gente del barrio no quiere nada de eso!** —dice Miriam con tristeza.

Vaya, eso no me lo esperaba. ¡Creía que a los vecinos les haría ilusión tener un campo en la Arboleda!

—El problema es que este parque les encanta tal y como es. Y las obras arrasarían con los árboles, los animales se quedarían sin espacio…

—¿Y Darío sabrá todo esto?

—¡Pues claro! —gruñe Miriam—. La asociación de vecinos le ha pedido que elijan **otro sitio** para construir su campo, pero nadie escucha.

—¿Habláis del tipo de Castillos y Ladrillos? —Laia ladea la cabeza, con una mano en la cintura.

—¿De qué lo conoces? —pregunto.

—A nosotros también nos dijo que construirían nuestro campo aquí si ganábamos el torneo —explica Laia. Vaya, ahora entiendo por qué Darío también animaba a los Black Storm. Le da igual cuál de los dos gane, ¡lo único que quiere es construir su dichoso campo! Laia sigue con su explicación—: Mis compañeros y yo nos entusiasmamos al principio, pero Miriam me contó lo de **LAS PROTESTAS**.

—Por eso estáis aquí.

—Sí. ¿Por qué has venido tú? —Miriam me mira con unos ojos enormes por el efecto de las gafas.

Quería hablar con ella. No había contado con Laia, pero vengo decidida a enterrar el balón de guerra y hacer bien las cosas. Así que hago algo **MÁS VALIENTE** que enfrentarme a un penalti decisivo, más valiente que salir a la pizarra en clase de Inglés. Le tiendo la mano a Laia:

—Lo siento mucho.

Laia me mira sorprendida. Baja los hombros, asiente y me estrecha la mano.

—Yo también lo siento. No tenía derecho a mirar en tu mochila.

—Yo dije cosas horribles. Y… también estaba un poco celosa de lo bien que vais los Black Storm —confieso.

Laia sonríe un poco y Miriam nos abraza a las dos.

—**¡Menos mal!** —suspira—. No quería tener que elegir entre dos amigas.

—Creo que las dos teníamos razón a medias —añado—. Alguien está amañando el torneo. Pero me equivoqué contigo.

—Y yo contigo —dice Laia—. Ahora tenemos que descubrir quién está detrás de todo esto y plantarle cara. Pero ¿quién querría eliminar a los Black Storm y al Amistad?

—Darío no, desde luego. Le interesamos demasiado —comento, poniendo los ojos en blanco.

—Espero que no sea un espíritu —murmura Miriam—. Es muy difícil razonar con fantasmas. ¡Enseguida te lanzan una maldición!

—¡Vamos, Miriam! ¡Que hemos visto *Scooby-Doo* juntas! —Le doy un empujón cariñoso—. ¡Los monstruos siempre son personas disfrazadas!

—Y personas que quieren ganar algo —asiente Laia. ¡Es genial que podamos estar de acuerdo!

—Bueno, tampoco me tomaría muy en serio unos dibujos en los que el perro habla —murmura Miriam.

—¡Ah! Se me olvidaba. —Abro mi mochila—. **¡He traído esto!**

—¡Cupcakes! —Miriam da un salto—. ¿De qué son?

—**DE LA PAZ** —me río, y le tiendo uno a ella y otro a Laia.

La chica lo coge y da un mordisquito. Su sonrisa se hace más grande.

—Así que la paz tiene sabor a limón. ¡Cada día aprendo algo nuevo!

—**Son mis favoritos** —exclama Miriam, con *frosting* en la nariz.

—Entonces ¿me perdonas? —pregunto con el corazón en la garganta. Por toda respuesta, Miriam me abraza.

—No puedo estar enfadada contigo más de 48 horas. **¡Lo dice la primera ley de la amistad!** Y me alegro mucho de que os conozcáis. ¡Seguro que os hacéis superamigas!

No sé si será para tanto, pero sí que me alegro de poder hablar con Laia. Ahora entiendo por qué Miriam se lleva tan bien con ella: es decidida, valiente y ¡honrada! Cojo uno de los cupcakes y lo alzo en un brindis solemne:

—Por nuestra alianza.

—Ganemos o perdamos, ¡descubriremos al saboteador! —añade Laia.

—**¡Y seguiremos siendo amigas, pase lo que pase!** —Miriam junta su dulce con el nuestro y le damos el primer mordisco.

Muerdo también el mío, bastante más tranquila. Ahora solo queda elaborar **UN PLAN** y desenmascarar al saboteador ¡antes de que nos elimine!

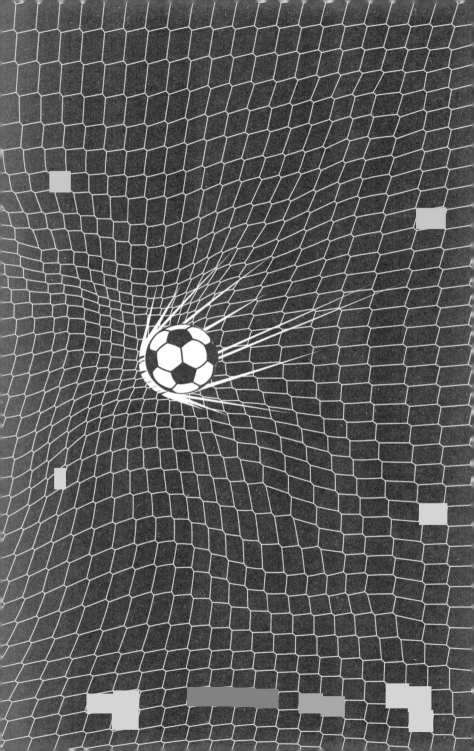

09:00

INFILTRADOS ENTRE RIVALES

Hoy es uno de los partidos más importantes de mi vida. ¡Y eso que no juega mi equipo! Pero no hemos venido a jugar, sino a vigilar. Los Black Storm se enfrentan a los Shraks para decidir cuál de los dos llega a la final... ¡y seguro que pasa algo raro que afecte al equipo de Laia! (Por cierto, Shraks. Qué nombre más raro, ¿verdad? Cualquiera diría que querían llamarse *Sharks*, «tiburones» en inglés, pero que los idiomas se les dan peor que a mí).

EL OBJETIVO: hallar cualquier señal de
sabotaje y ¡pillar al saboteador! Miriam y Gael se han unido a la misión. Miriam, porque también es amiga de Laia. Gael..., bueno, porque es Gael, y por nada del mundo se perdería una oportunidad de meterse en líos. Yo, por mi parte, estoy decidida a descubrir la verdad. **¿Quién quiere hacernos perder?**

Por eso hemos llegado antes que nadie al estadio, vestidos con sudaderas de los Shraks, para despistar.

El plan, si alguien nos descubre, es decir que hemos venido muy pronto para calentar. ¡Esperemos que no sean los propios jugadores de los Shraks, porque sería muy difícil de explicar!

—Además, si nos pillan, podrían echarnos las culpas de los sabotajes —dice Miriam, que se ajusta mejor la capucha.

—Laia sabe que no somos nosotros —respondo.

—No creo que importe lo que opine Laia. Si nos atrapan aquí, vestidos con otra equipación, estamos acabados.

Por un momento, noto un retortijón en el estómago. **¡Sería catastrófico!** ¿Cómo se las apañaría el Amistad en la final sin capitana ni delantero ni portera? ¡Los demás nos matarían!

Por suerte, no hay moros en la costa, solo algunas personas que empiezan a acomodarse en las gradas. Los bancos se van llenando de amarillo por los Black Storm y de azul por el equipo rival.

—Hay que reconocer que las sudaderas están chulas, este color me realza los ojos —dice Gael, que está atento a cualquier cosa menos a lo que hemos venido.

—Te la puedes quedar. ¡Si te concentras durante la próxima hora!

—Vale, recordadme **qué estamos buscando**.

No sé si está jugando a hacerse el tonto o si de verdad no ha prestado ninguna atención al plan. Pero no puedo correr riesgos, así que inspiro hondo para repetirlo:

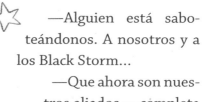

—Alguien está saboteándonos. A nosotros y a los Black Storm...

—Que ahora son nuestros aliados —completa Gael.

—**Aliados en la vida real, rivales en la pista** —puntualizo—. Pero sí. Y vamos a atrapar a quien sea que lo esté haciendo.

—¿Cómo?

—Bueno, el plan es abrir bien los ojos y los oídos.

—Si abro los ojos un poco más, se me van a caer y tendréis que recogerlos del suelo —dice Gael.

—Venga, concéntrate.

—Es que no hay mucho que mirar —comenta Miriam.

Y la verdad es que tiene razón. Aún no hay mucho movimiento. Damos una vuelta al trote al campo, como si calentásemos. **¡A lo mejor encontramos alguna pista!**

—Hasta ahora, nos han intentado sabotear con cosas que nos asustan —les recuerdo—. ¿Habéis mirado los perfiles de los jugadores de los Black Storm en internet?

—Sí, pero tienen tantos miedos distintos... —dice Miriam, resoplando—. Había uno que tenía miedo de las serpientes. ¿Creéis que han podido poner alguna en el campo?

—Buah, si me la encuentro, me la quedo para metérsela al Perfect en la mochila —bromea Gael.

—A ver si van a intentar asustarnos con un payaso —le digo con una sonrisa traviesa y él se estremece.

—**¡QUITA, QUITA!** Además, un payaso no se puede esconder entre la hierba.

—También había otro que tenía miedo a las alturas —continúa Miriam.

—¡Puede que sea eso! —exclama Gael—. ¡Puede que utilicen un precipicio!

—¿Y cómo vas a meter un precipicio en un campo de fútbol? —pregunta Miriam.

—Yo qué sé. **¡No soy un saboteador, solo un delantero...!**

—¡Eh! ¿Qué hacéis vosotros aquí?

GLUPS. ¡Nos han pillado! Y ni siquiera hemos tenido tiempo de encontrar nada sospechoso. Cuando me giro, reconozco al hombre que nos mira con cara de pocos amigos.

—Es Martínez —cuchicheo a mis amigos.

—¿Y de qué lo conoces? —pregunta Miriam.

—Es uno de los organizadores del torneo...

—¡Eh! ¡Vosotros! —grita Martínez aún más alto—. ¡Que os estoy llamando!

—Será mejor que vayamos —digo, y empiezo a caminar hacia él.

Martínez lleva traje y la acreditación de organizador enganchada al bolsillo. Va **tan elegante** que la bolsa de deporte que lleva al hombro le queda muy rara.

—¿Qué hacéis aquí? —Tiene la cara aún más avinagrada que cuando el equipo de Iris perdió. ¡A lo mejor siempre está enfadado! Es algo que a veces le ocurre a la gente que se dedica a los negocios—. **¡Aún no es momento de estar por el campo!**

—Hemos llegado pronto y queríamos calentar —miento con toda la firmeza que puedo (que no es mucha, ¡si es que se me da fatal!).

Martínez frunce el ceño al mirarme. **¡AY, MADRE!** ¿Y si me reconoce del otro día? ¡Menuda metedura de pata, Alexia!

—Tú… —empieza, pero entonces Gael (¡bendito Gael!) lo interrumpe.

—¿Qué lleva en la bolsa? ¡Anda! ¡Los balones! ¡Justo nos hacía falta uno para…! Oiga, ¿no están un poco cochambrosos?

—¡¡Estate quieto!!

Martínez se aparta de Gael con un movimiento rápido, ¡como si tuviera lingotes de oro y fuéramos a quitárselos! ¿Qué mosca le ha picado?

—¡Perdón! —Gael es el único que sonríe como si nada—. Con que nos deje uno nos basta para…

Pero no dejo que siga. **¡NOS VA A METER EN UN LÍO!** Le agarro de la muñeca y tiro de él para alejarnos.

—¡No queríamos causar molestias! —me despido a la carrera—. ¡Lo sentimos!

Y los tres echamos a correr hacia el pasillo de los vestuarios.

—¡Eh! ¿Dónde vais? —brama Martínez—. ¡Volved aquí!

Oh, oh. No va a perseguirnos..., ¿verdad? Me giro solo un momento, lo justo para ver cómo Martínez revisa los balones con cuidado. ¡Ni que fueran a estallarle en la cara! Lo malo es que, en cuanto se asegura de lo que sea de lo que se quiere asegurar, cierra la bolsa y ¡echa a correr tras nosotros!

—**¡RÁPIDO!** —Empujo a mis amigos por el pasillo.

Seguro que, si me vuelve a mirar de cerca, me reconoce y ¡la fastidiamos! Tenemos que despistarlo. Pero ¿cómo?

De pronto, escuchamos pasos y voces a lo lejos, al otro lado del pasillo.

—¡Son los Shraks! —exclama Miriam—. ¡Y vienen hacia nosotros!

—¡No nos pueden ver con esta ropa!

Estamos entre Martínez y los Shraks, ¡no hay salida! Así que hacemos lo único que podemos hacer: colarnos en la primera puerta que encontramos. Solo cuando estamos dentro nos damos cuenta de que... ¡son sus vestuarios!

¡OH, NO!

—Se acabó —gime Miriam.

¡Y tiene razón! Solo están los bancos, las paredes de cemento, las duchas y las taquillas. ¡No hay ninguna otra puerta por la que escapar y la única ventana está demasiado alta! **Oímos pasos que se acercan a la puerta.** Estoy segura de que esto es lo que siente la última tableta de chocolate cuando yo me acerco a la nevera.

—Nos van a pillar —murmuro, incrédula—. **No hay salida.**

—Sí que la hay... —Gael aún suena animado, ¿cómo es posible?—. ¡Solo tenemos que meter tripa!

—¿Qué estás diciendo? —pregunto.

Gael no responde. Sin perder tiempo, abre una de las taquillas, contiene el aliento y **se mete dentro**, tan encogido como una bufanda recién salida de la secadora.

10:00

UNA PRUEBA ZUMBANTE Y VIVIENTE

Hay que reconocer que, a veces, Gael tiene **buenas ideas**. ¡O será que está tan acostumbrado a meterse en líos que ya tiene soluciones para todo! Miriam y yo solo intercambiamos una mirada antes de meternos en las taquillas de al lado. ¡No hay tiempo que perder!

Hay unas rendijas diminutas por las que veo partes del vestuario. Y se ilumina cuando la puerta se abre. Los Shraks entran hablando del partido:

—¡A mí **NO ME IMPORTA** hacerle una falta a la chulita esa!

¿Cómo? ¿Hablarán de Laia? Una voz masculina se ríe y dice un:

—Chicos, chicos...

Es el único adulto que entra con ellos. Debe de ser el entrenador. ¡Pues vaya! Martina nunca nos dejaría decir algo así. ¿Pensar en hacerle falta aposta a una rival? **¡Menuda deportividad!**

—Está bien pensado. Sin ella, el equipo se hunde. ¡Seguro!

El sonido de la puerta al abrirse lo interrumpe.

—¿Dónde están?

¡Glups! Me encojo todo lo que puedo al ver el traje de Martínez entre las rendijas.

—¿De qué habla? —dice el entrenador de los Shraks.

—De los tres chicos que estaban en el campo. El del pelo afro, la de la coleta y la de gafas. —Martínez parece algo confundido, aunque no tanto como los jugadores del equipo azul.

—Aquí el único con gafas es Paco —dice una chica pelirroja.

—Y coleta tenemos todas.

—No, no, **no sois ninguno de vosotros** —dice Martínez—. Los tres de antes. Los que han llegado más temprano.

—Pero si acabamos de bajar del autobús. —El entrenador señala al equipo—. Venimos de las afueras, así que hacemos los viajes juntos. Y este es mi equipo al completo.

Se produce un silencio tenso. Seguro que los Shraks creen que a Martínez se le ha ido la olla.

—En ese caso, entrenador, esté atento. Hay tres revoltosos merodeando con sudaderas de los Shraks. —Los chavales ahogan una exclamación, pero Martínez les pide calma—: **¡Los pillaré, no os preocupéis!** Ahora, chicos, id saliendo, que el otro equipo ya está aquí.

Los Shraks obedecen enseguida, pero Martinez se queda un rato más en los vestuarios. **¡OH, NO!** ¿Nos habrá escuchado respirar? ¿Querrá revisar uno a uno todos los rincones?

—Juraría que... —murmura para sí mismo en el vestuario vacío. ¡O supuestamente vacío, claro!

Entonces, de pronto, nos llegan los aplausos de las gradas y Martínez da un respingo:

—¡El partido! Maldita sea... ¡Ay!

¡Bonk, bonk, bonk! Al girarse tan rápido, ha chocado la bolsa contra la puerta y los balones botan por todas partes. Martínez suelta una palabrota, los recoge a toda prisa y sale corriendo hacia el campo de juego. ¡Por fin el vestuario está vacío! Aunque... ¿y si es una trampa? Me quedo quieta durante unos instantes, pero a Gael lo vence su impaciencia.

—**¡Vía libre!** —anuncia una vez fuera.

Miriam y yo también salimos y nos estiramos. ¡Madre mía, me siento como una bayeta arrugada!

—¿Habéis visto? Ha salido disparado, ¡como si tuviera un petardo en el culo! —dice Gael.

—Claro, si tenía los balones para el partido... ¡Anda, mirad, se le ha olvidado uno! —Y señalo la esquina.

¡Ahí está! Entre la pared y el banco. Nos acercamos con tanto cuidado como si fuera una bomba a punto de detonar. Pero solo es un balón, ¿no?

¿O puede que algo más? Martínez se ha puesto de los nervios cuando antes Gael ha intentado cogerlos.

Y mi amigo tenía razón al decir que estaban cochambrosos. Lo toco con cuidado. Las costuras están un poco sueltas, como si las hubieran tenido que remendar.

—Es el balón reglamentario **menos reglamentario** del regla... —empieza Gael, pero le callo con un gesto de la mano.

—¡Chsss! —exclamo—. ¿Escucháis eso?

BZZZZZ. No, no me lo he imaginado. Hay un zumbido que viene de dentro del balón. Lo movemos despacio y suena con más fuerza. Suena como... Abro bien las manos sobre el balón, separo un poco las costuras y me aparto. **¡Justo a tiempo!** Una avispa sale por el hueco y revolotea a nuestro alrededor, indignada.

Los tres nos miramos. Miriam se pone blanca.

—¡Laia está en peligro!

Y, **por primera vez,** es la primera en echar a correr directa al riesgo.

No nos lo explica, pero no hace falta. ¡Recuerdo el pánico con el que Laia habló de las avispas el día de mi cumpleaños! Había dicho que era muy alérgica.

Sí, a Laia le aterran las avispas, pero no es como el miedo de Miriam, que la paraliza, o el de Patri, que la hace salir corriendo. **¡Esto es peligroso!** ¡A Laia le puede ocurrir algo grave!

Por eso salimos disparados. Gael lleva el balón en las manos, tapando con el pulgar el lugar de donde ha salido la avispa. Porque, por cómo suena, ¡hay por lo menos una docena de compañeras dentro! Ni siquiera nos acordamos de que aún llevamos las sudaderas de los Shraks hasta que nos cruzamos con su entrenador.

—¡Ey! Vosotros tenéis que ser esos niños que...

—¡Un placer saludarle, entrenador, pero tenemos prisa! —Gael hace un quiebro para evitar que lo agarre.

Oh, no. **¡EL PARTIDO HA EMPEZADO!** Laia ya ataca el área contraria con el balón pegado a los pies. Está tan concentrada en el partido que no creo que se haya fijado en si tiene algún descosido. ¡Mucho menos en un zumbido extraño!

—¡Laia! —grita Gael. Aunque algunos de su equipo se vuelven, ella no nos oye.

La defensa de los Shraks, la chica pelirroja, va a por Laia con decisión, ¡y barre el suelo de una patada para quitarle el balón! Pero Laia hace un sombrero y salta para esquivarla. **¡Qué bien juega!** Casi me quedo embobada mirando, pero sacudo la cabeza: ¡estamos de misión!

—¡Cuidado! —grita Miriam, pero Laia sigue como si nada. ¡Es imposible que nos escuche con el griterío del estadio!

La capitana se prepara para disparar a puerta. Y, como lo haga con todas sus fuerzas, ¡reventará el balón!

—**¡LAIA, NOOO!** —chillo con todas mis fuerzas para que me escuche desde el otro lado del campo—. **EN EL BALÓN HAY...**

De pronto, siento un tirón a mi espalda y el grito se me queda a medias del susto. Una voz grave y victoriosa nos habla casi al oído:

—Os dije que os atraparía.

¡Es Martínez! Nos ha cogido a los tres de las capuchas, como si fuéramos conejos y nos hubiera agarrado por las orejas.

—¡Suéltanos! ¡Sabemos que quieres sabotear a los Black Storm! —Pataleo intentando liberarme.

Por un momento, parece asustado, pero se recupera enseguida y tira de nosotros hacia las gradas. Nosotros forcejeamos, pero **no conseguimos** liberarnos. Por suerte, llamamos la atención del entrenador de los Shraks, que se acerca con gesto interrogante.

—¿Qué está pasando aquí?

Entonces lo veo: algo le brilla en el pecho. Aprovechando el despiste de Martínez, me libro de su agarre y cojo el silbato del entrenador.

¡¡PIIIIIIIII!!

Laia se ha detenido justo antes de chutar a portería. ¡MENOS MAL! Tiene tanta potencia que, si llega a patearlo en busca de un gol, destrozará el balón y ¡las avispas irán a por ella! Nos mira con los ojos muy abiertos. Bueno, ella... y todo el estadio, público incluido.

—¡¡¡Quieta!!! ¡¡¡Es una trampa!!! —grito, llevándome las manos a la cara para hacer de altavoz—. ¡Este señor está saboteando el pf...!

¡Ay! Martínez ha soltado a Gael para taparme la boca. ¡Será bruto!

El árbitro nos fulmina con la mirada y se acerca a grandes zancadas hacia nosotros. Otro par de miembros de la organización se unen a él.

—**¿Qué está pasando aquí?** ¿Quién ha tocado el silbato?

—Esta niña —me acusa Martínez, sin soltarme el hombro—. Hay que expulsarla de inmediato.

—Oye —comenta otro miembro de la organización—. ¿Tú no eres la capitana del Amistad?

OH, OH. Veo que a Martínez le brillan los ojos con maldad, ¡ahora sí que me ha reconocido! Así que hablo antes de que la situación se tuerza más:

—¡Lo he hecho para salvar a los Black Storm! ¡Las pelotas están trucadas!

—¿Trucadas? ¿De qué estás hablando?

—Se inventarían cualquier excusa con tal de salirse con la suya —explica Martínez, como quitándole importancia—. La verdad es que acabo de pillar a estos tres colándose en el vestuario de lo Shraks. ¡Miren cómo van vestidos! **¡Son jugadores del Amistad!** Si alguien intenta manipular el resultado, ¡son ellos!

—¡Será mentiroso! —se queja Miriam.

—¿Y quién va a creer a unos mocosos como vosotros? —nos dice en voz más baja, mientras los organizadores y el árbitro hablan entre ellos. Luego alza el tono—: Esto sin duda es motivo suficiente para descalificar a todo el equipo del Amistad.

—¡¿CÓMO?! —gritamos los tres a la vez.

¡NO PUEDEN HACERNOS ESO!

Los organizadores nos miran con el ceño fruncido.

—Habéis hecho algo muy grave, chicos.

—¡Se equivocan! ¡El que ha hecho algo grave es él! ¡Ha estado amañando los partidos para que los Black Storm y el Amistad sean eliminados!

—¡Eso es ridículo! ¿Por qué iba a querer hacer algo así? Además, ¡no tenéis pruebas!

—¿Seguro? —Gael, que ha aprovechado la conversación para alejarse un poco, sonríe victorioso. Lleva un balón en las manos y empieza a darle toques. De pronto, se oye un zumbido. ¡Es uno de los **balones trucados**!

Martínez se pone blanco. Luego morado, como si no le llegara el aire a los pulmones. Y, al poco, rojo de rabia.

—¡Dame eso! —exclama y se lanza hacia Gael.

De reojo veo que se acercan dos hombres de seguridad. ¡Si nos echan, acabaremos expulsados! ¡Esta es nuestra única oportunidad! Como si me leyera la mente, Miriam se escabulle y corre hasta Laia, para asegurarse de que se mantiene lejos de nosotros.

—¿Quieres recuperar **TU** balón? —pregunta Gael y, justo cuando Martínez se tira hacia él como un portero en la tanda de penaltis definitiva, mi amigo me hace un pase perfecto. **¡VAMOS!**

—¡Estate quieto! —grita Martínez, pero es **DEMA-SIADO** tarde. La pelota vuela en el aire y la controlo con el pecho. Miro por el rabillo del ojo. ¡Los de seguridad están casi encima de nosotros!

—¿Quieres una prueba? —le pregunto a Martínez. Todo el estadio me mira, expectante—. ¡Aquí la tienes!

Y pateo con todas mis fuerzas. ¡Directo a sus rodillas! Martínez no tiene forma de reaccionar a tiempo.

Todo pasa **muy rápido**, aunque parece que lo vemos a cámara lenta. Los de seguridad se acercan. Martínez grita. El público se revuelve. El balón revienta en sus rodillas y un enjambre de avispas sale disparado al exterior. ¡Y rodean al **culpable** de su encierro en una nube furiosa!

11:00

A POR LA FINAL

Martina nos manda callar con unas palmadas.

—Necesito que estéis concentrados —nos dice—. **¡Hay que hacer que este partido sea inolvidable!**

Y tiene razón, pero dudo que sea más inolvidable que la última semifinal de la semana pasada, entre los Black Storm y los Shraks. Y, sinceramente, ¡eso espero! No quiero más sorpresas en este torneo.

¡Ay, claro, pero si no os lo he contado! Supongo que os preguntaréis qué pasó después de la liberación de las avispas. Pues lo que siempre pasa cuando hay avispas de por medio: caos y **¡PICOTAZOS!** Para ser más concreta, Martínez se llevó un picotazo en la nariz, y creo que uno de los de seguridad se quedó con la boca tan abierta ante el espectáculo que también le picaron en la lengua. En realidad, era todo **tan loco** que no me hubiera extrañado si hubiera aparecido un grupo de youtubers para decirnos que se trataba de una cámara oculta.

Por suerte, las avispas estaban demasiado contentas con su libertad y se dispersaron enseguida. ¡Laia tuvo que estar escondida en los vestuarios hasta que de verdad desaparecieron!

Y luego llegó el momento de la verdad.

—¡Hay que expulsar a estos delincuentes! —exclamó Martínez, con la nariz roja.

—**¡Pero si hemos demostrado que las pelotas estaban trucadas!**

—Sin duda, vosotros habéis metido las avispas dentro. No me lo podía creer.

—¿Y qué íbamos a ganar nosotros con eso? —pregunté. ¡No tenía sentido!

—¡Yo tampoco tengo motivos para hacer semejante cosa! —protestó el hombre.

—Eso no es **DEL TODO** cierto.

Y esa fue la entrada triunfal de... ¡la mujer morena a la que había visto tomando notas! Se acercó a Martínez con expresión decidida y el cuaderno en la mano.

—Me llamo Sintá Mendoza, periodista. Llevo unos días intentando averiguar qué era lo que pasaba en estos partidos. **¡Y parece que a usted le interesa que ni los Black Storm ni el Amistad se lleven el premio!** Es usted Osvaldo Martínez segundo, ¿verdad? El hijo de Osvaldo Martínez, el gran promotor inmobiliario, el de las viviendas de lujo.

Entonces se me encendió la bombilla.

¿Cómo se llamaba la otra empresa que quería construir en la Arboleda? **¡M Y M!** Miriam y yo nos miramos. ¡Martínez y Martínez!

—Así es —admitió Martínez poniéndose chulito—. ¿Y bien?

—Pues que es usted competencia directa de Castillos y Ladrillos, representado por el señor Darío Fuentes, aquí presente —explicó Sintá, señalando a Darío, que había estado detrás de ella todo este tiempo.

Martínez entrecerró los ojos al verlo, y Darío hizo lo mismo. **¡Madre mía, aquello sí que parecía un duelo del Oeste!**

—Me consta que, si los Black Storm o el Amistad ganaban el premio, al ser ambos equipos de la misma localidad, la constructora Castillo y Martillo se encargaría de construir un campo en... —Sintá consultó sus notas por un segundo— la Arboleda Norte. ¡Y usted quería ese terreno para **SU** proyecto! Así que decidió evitar que alguno de esos dos equipos se hiciera con el premio.

Estoy segura de que, cuando Gael, Miriam y yo miramos a Sintá, nos salían corazoncitos por los ojos. ¡Nos habría ayudado tanto con nuestra investigación! La próxima vez, en vez de fingir ser espía, ¡fingiré ser reportera!

La organización se dio cuenta pronto de cómo **saboteaba** Martínez los partidos: miraba en internet lo que más nos asustaba. ¡Resulta que la idea de crear perfiles online había sido suya! Sangre falsa, lombrices, grabaciones de cuervos... ¡Incluso balones trucados llenos de avispas vivas!

—Hay que reconocer que es un tipo bastante creativo —dijo Gael—. ¡Ya podía haber usado ese coco para hacer casas chulas en vez de amañar los partidos!

¿Lo veis? **¡Todo encaja!** Pero, por suerte, todo salió bien y Osvaldo Martínez segundo está detenido. Bueno, a ver, eso es lo que dice Gael. Mis padres opinan que le habrán puesto una multa y listo. Aunque es más emocionante y más justo imaginárselo entre rejas.

¡Ah, y también salimos en el periódico! «Juego sucio en torneo infantil», se titulaba la noticia. En realidad en el artículo ni se nos mencionaba, **¡y eso que nos habíamos**

jugado el puesto por resolver el caso! Pero sí salíamos en la foto de la noticia, al fondo, mientras los de seguridad se llevaban a Martínez. Así que mis padres la recortaron y la pusieron en el álbum de **mis logros de futbolista**. Algún día, reuniré ahí las noticias de cuando juegue en un equipo profesional. ¡Y espero que en esas no se mencione ningún partido amañado!

Ah, casi se me olvida. Por supuesto, los Black Storm ganaron, ¡para sorpresa de nadie! Hicieron un segundo tiempo espectacular. Y... ¡aquí estamos! ¡A puntito de jugar la final contra el equipo de Laia! Muy emocionados y un poco asustados. Por muchas cosas que hayan pasado, el momento más importante del torneo es este. Después de todo, somos un equipo de fútbol, no una agencia de investigación. **¡Y LA FINAL NOS ESPERA!**

Martina nos mira con la seriedad de un sargento y toma aire. Me preparo para que nos repita lo concentrados que tenemos que estar, pero en vez de eso dice:

—Recordad que... estoy orgullosa de vosotros.

La miramos con ojos enormes. Martina es muy dura, ¡y no le valen excusas cuando alguien vaguea en los entrenamientos! Por eso me pilla tan de sopetón una frase así antes del partido.

—Sé todo lo que os habéis esforzado —continúa—. ¡Y mirad lo que habéis conseguido! Hemos llegado a la final del torneo más importante de este año. Os habéis enfrentado a muchas dificultades, dentro y fuera del campo, pero

¡mirad dónde estáis ahora! Lo habéis resuelto todo con trabajo y esfuerzo. Así que estoy muy orgullosa de vosotros. Y quiero que, cuando salgáis al campo, también estéis orgullosos de vosotros mismos.

No voy a mentir, ¡casi se me escapa una lagrimilla! Más motivada que nunca, pongo la mano en el centro:

—**¡Por el Amistad!**

Gael coloca su mano sobre la mía. Y luego Miriam, y Kike, y Patri... ¡Todo el equipo! Hasta Martina.

—Por el Amistad —dice de forma más solemne.

Juntos soltamos un grito de guerra. ¡Vamos a darlo todo!

Las gradas **RUGEN** cuando llegamos al campo. Los Black Storm ya están allí, con sus camisetas amarillas y ese gesto tan serio. Aunque Laia me sonríe un poco y yo le devuelvo la sonrisa. ¡Ser rivales no quiere decir que seamos enemigas! Las dos nos acercamos a la árbitra del partido, que nos pregunta:

—¿Cara o cruz?

—Elige tú —me ofrece Laia.

—Cara —digo con una sonrisa.

Justo cuando la árbitra lanza la moneda al aire, me doy cuenta de que es la primera vez que me dejan elegir a mí en todo el torneo. Por eso ni siquiera me importa cuando sale cruz.

Después de asentir a Laia, troto a mi sitio, lanzo una mirada a mi equipo e inspiro hondo. La árbitra pita. **¡Y empieza el partido!**

Laia pasa a su compañero: un chico casi tan alto como Leyre. ¡No pierden tiempo en atacar! Avanzan con pases rápidos, pero no cuentan con, **¡ZAS!**, un robo perfecto de Luci. Sí, es una chupóptera de primera, ¡y también la mejor roba-balones del equipo! Regatea adentrándose en el campo de los Black Storm.

—¡Aquí! —grito mientras me desmarco.

Pero Luci intenta llegar sola y... ¡un defensa aparece de la nada para quitarle el balón!

—**¡¡A defender!!**

Lucas intenta hacerse con el balón, pero el defensa de los Black Storm lo sortea y le pasa el balón a Laia. ¡Esta es la mía! Corro hacia ella a toda velocidad, pero, antes de que llegue, ¡Laia se lo pasa a su compañera! Intento interceptarla, pero la chica morena se lo devuelve en un visto y no visto. **¡¿CÓMO?!** ¡No me puedo creer que me hayan hecho una pared así sin más! Dejo de correr y me quedo plantada mientras Laia sortea a nuestros defensas y se acerca a la portería. Chuta y...

—**¡GOOOOOOOOOOOOOOOOOL!**

Miriam ha reaccionado demasiado tarde. ¡Pobre! Me mira con expresión culpable, y yo le sonrío como queriendo decirle que ¡aún queda mucho partido por delante! En realidad, a mí también me preocupa, pero ¡no podemos venirnos abajo, eso nunca!

Miriam, con aspecto más decidido, saca la pelota y el partido sigue su curso.

¡Y menudo partido! Corremos como locos, ¡hasta quedarnos sin aliento! Tan pronto estamos arriba atacando como abajo defendiendo. ¡Casi doy gracias cuando llega el descanso!

—Parecemos un ascensor —se queja Gael, agotado—. **¡Arriba, abajo, arriba, abajo!** ¿Somos jugadores de fútbol o yoyós humanos?

—Y ni siquiera hemos conseguido empatar —se lamenta Sarah.

Yo la miro con preocupación. Es cierto, la cosa no pinta demasiado bien. Pero con solo echar un vistazo a mis compañeros sé que no todo está perdido.

—Aún podemos hacerlo. ¡Somos el Amistad, hemos salido de situaciones peores!

—¡Eso es! —Menos mal que Kike está conmigo—. Hemos tenido dos ocasiones buenísimas.

—**¡Y a la tercera va la vencida!** —añado—. ¡Vamos a por todas!

Volvemos al campo. Creo que salimos algo más optimistas, pero ¡no es fácil! Los Black Storm son, sin duda, el mejor equipo al que nos hemos enfrentado. Se cierran en torno a la portería al mínimo ataque. ¡Y salen pitando en cuanto recuperan el balón! Empiezo a pensar que va a ser imposible.

Además, el cansancio nos hace mella. Corro casi sin aire con el balón. Se lo intento colocar a Gael y... ¡nos la vuelven a robar! El lateral de los Black Storm hace un disparo largo y uno de los delanteros corre con el balón hacià nuestra portería. Por **INCREÍBLE** que parezca, logra burlar a nuestra Muralla. ¡Leyre está perpleja! Lo persigue, pero es demasiado tarde. Oh, no... **¡Nos van a meter otro!**

El jugador de los Black Storm chuta con tanta fuerza que cualquiera diría que tiene las piernas de Hulk. Me preparo para escuchar los vítores celebrando un nuevo gol. Pero lo que escucho es un sonido distinto.

¡¡¡CRAC!!!

—¡Otra vez! —se lamenta una voz familiar desde las gradas—. ¡Otra vez las gafas!

—Las culpas a tu familia —gruñe el padre de Miriam.

Las gafas de mi mejor amiga están hechas trizas en el césped. Pero ella ha conseguido una parada casi imposible. **¡VIVA!** Miriam me sonríe y nuestras mentes se conectan como solo lo hacen las de las mejores amigas. Por un momento, pienso en nuestra pelea y me siento increíblemente agradecida por no haberla perdido.

Miramos el contador. Solo quedan unos segundos para que acabe el partido. Pero las dos sabemos lo que tenemos que hacer.

Con ojos entrecerrados y guiándose por sus sentidos arácnidos, Miriam hace un pase largo. Los Black Storm no están preparados. Y tampoco la árbitra, que empieza a llevarse el silbato a los labios. Pero yo sí, y echo a correr con todas mis fuerzas.

Controlo la pelota con el pecho y corro hacia la portería. **Regateo** a un defensa que me mira con cara perpleja. La siguiente sí que reacciona, pero logro pasarle la pelota entre las piernas. La grada grita y vitorea. El corazón me late tan fuerte que parece que me vaya a explotar. El portero de los Black Storm me mira, decidido a todo.

No hay más oportunidades. Sabe que, si la atrapa, ganan el partido. Que, si no marco, se llevan la copa a su casa. Los últimos segundos parecen detenerse. Trago saliva y golpeo la pelota **CON TODAS MIS FUERZAS**.

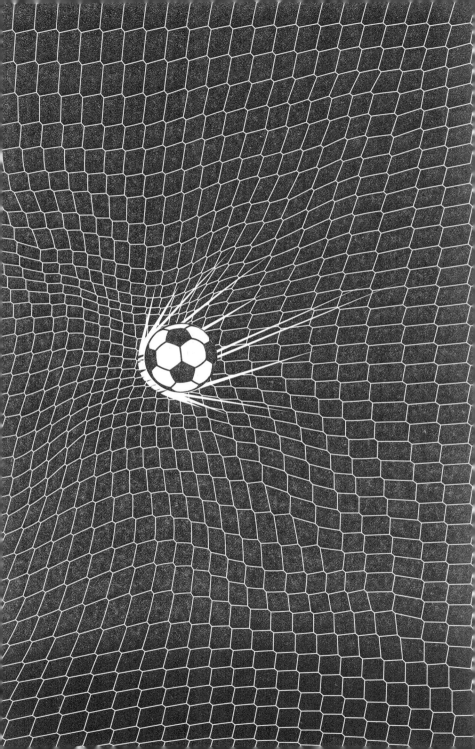

—¡¡¡GOOOOOOOOOOL!!! ¡¡¡GOL DEL AMISTAD!!!

Ni siquiera sé quién lo grita. Puede que todo el mundo. ¡O puede que mi propia cabeza! El público salta, grita y enloquece. Distingo a mis padres, que se abrazan en primera fila. ¡Y a Darío, de Castillos y Ladrillos! Está tan satisfecho que incluso se ha aflojado el nudo de la corbata. Claro que, al contrario que nosotros, él no se juega nada en este partido. Los Black Storm quieren el estadio en la Arboleda tanto como el Amistad. Gane quien gane, su proyecto sale adelante. ¡Y más con Martínez, su competidor, fuera de juego!

—**VAMOS A PENALTIS** —dice la árbitra.

Miriam se pone un poco blanca, pero asiente. Sale disparada a por sus gafas de repuesto, las que son horribles, de color naranja chillón. El portero de los Black Storm calienta, con la mirada fija en nuestro equipo. Nos organizamos rápido:

—Perfect, tú tienes que ir primero. **¡Tenemos que asegurar cada tiro!**

—¿Puedo ir después? —pregunta Luci, dando botes de emoción.

—Vale. —Miro al resto del equipo.

Patri niega con las manos en el estómago:

—Estoy tan nerviosa que voy a vomitar.

—Vale... Kike, ¿tiras el tercero? El cuarto es Gael.

—¡Preparaos para mi técnica de la zapatilla ninja! —exclama mi amigo.

—¿Alguien quiere el último? —pregunto.

Se produce un silencio tan absoluto que se escuchan grillos. Cri-cri. Bueno, sí, vale, el sonido de los grillos lo hace Lucas, pero se escuchan igual.

—Venga, yo quinta —digo, decidida—. ¡Por el Amistad!

—**¡POR EL AMISTAD!** —responden mis amigos.

El público está casi tan tenso como nosotros. Veo a mis padres apretarse fuerte la mano. A los de mis compañeros inclinarse hacia delante, sin querer perderse nada. A los de Miriam lamentarse por las gafas. Y a Darío tan pancho, con una sonrisa satisfecha, recostado sobre los asientos.

Nos ponemos en posición. Debería estar centrada en los penaltis, pero no dejo de pensar en la Arboleda Norte. En los vecinos que se quejaban y querían protegerla, en las ardillas que saltaban entre los árboles, en los perros que correteaban sueltos por el camino.

Casi no estoy en el partido cuando el Perfect marca el primer penalti.

—¡**ESO ES!** —grita mi equipo.

¡Vamos bien! Entonces pasa algo catastrófico. Algo terrible. Una pesadilla. La jugadora de los Black Storm tira con fuerza y...

CRAC.

Oh, no. ¡Otra vez no!

Miriam ha parado la pelota, ¡pero ha perdido su segundo par de gafas! Y, aunque tenga los mejores reflejos del mundo, **¡no ve nada sin ellas!** Corro hacia mi amiga e intento que no se me note el pánico en la voz:

—¿Tienes otras de repuesto?

—¡Esas eran las de repuesto! —gime, con el balón bajo un brazo y las gafas rotas en la mano.

MIS GAFAS...

Sus padres se quejan de fondo. El resto del público murmura, nervioso.

—¿Crees que podrás hacerlo? —pregunto.

—No lo sé. Yo… —Traga saliva—. Supongo que puedo intentarlo.

—**Si alguien puede, eres tú.** —Le aprieto la mano.

Miriam está más blanca que un yogur natural, pero asiente. Le doy unas palmaditas antes de volver a mi sitio. Estoy tan nerviosa que tengo que apretar los puños con fuerza para no ponerme a temblar.

Luci marca su penalti. Pero, cuando los Black Storm tiran, Miriam no sabe a dónde moverse. El balón entra limpiamente y ellos se vienen arriba. ¡Pero no desesperemos! ¡Seguimos 2-1! ¡Puede acabar bien! Kike se coloca en su sitio. Mira al portero, lanza y…

Los Black Storm gritan y se abrazan cuando el portero atrapa el balón. **¡No me lo puedo creer!** Con lo bien que ha tirado Kike! El pobre se acerca a nosotros, tristón, y tratamos de animarlo como podemos. Pero se le hunden aún más los hombros cuando los Black Storm marcan su segundo penalti.

Vamos 2-2 y nuestra portera está más ciega que un topo. ¡Las cosas empiezan a pintar realmente mal! Gael se coloca en su sitio. El portero está concentrado, pero Gael hace su famosa técnica de la zapatilla ninja. ¡Corre hacia el balón y deja que la zapatilla suelta se le caiga del pie, desviando toda la atención! Entonces golpea con la otra y…

¡GOL!

El 3-2 nos dura poco. Los Black Storm vuelven a meter y a empatar. Solo quedamos yo y… Laia. Me coloco delante del balón. El portero me mira con decisión. ¿Se la lanzo por la derecha? ¿Sabrá que soy diestra? He mirado mucho a la derecha, ¡seguro que sabe lo que pienso! Aunque ¡podría ser una técnica de distracción! A lo mejor piensa que intento engañarlo... La árbitra pita. No me lo pienso y lanzo a la esquina derecha.

¡Y entra!

Ahora llega el momento decisivo. Toda la atención está fija en Laia y Miriam. La primera coge aire. La segunda entrecierra los ojos. Cuando pitan, Laia corre hasta el balón, tira hacia la esquina y...

El estadio estalla en gritos. El público salta tanto que parece que vayan a tirar abajo las gradas. ¡Siento que el corazón se me sale del pecho! Miriam parpadea como si no pudiera creerlo. Tiene los ojos entrecerrados, el pelo revuelto... y la pelota entre las manos.

—**¡LA MEJOR PORTERA DEL MUNDO!** —chilla Gael, que la embiste y se la echa a la espalda.

—¡Para! —dice Miriam entre risas, cuando Gael da vueltas con ella en brazos.

El equipo entero se apiña y la árbitra nos da la victoria. ¡Lo hemos conseguido! **¡EL AMISTAD HA GANADO EL TORNEO!**

En los vestuarios, la fiesta sigue. ¡Gael está que se sube por las paredes! Lucas no para de cantar, y Luci cuenta una y otra vez cómo fue su penalti. ¡Aunque la estrella es Miriam, nuestra superheroína! Martina es la única que no participa de la fiesta y nos mira con una sonrisa de orgullo.

—Será mejor que os calméis un poco. ¡Nos toca recoger la copa!

—¡La copa y el premio! —Patri sacude la cabeza emocionada—. **¡Vamos a tener un campo con nuestro nombre!** ¿No es flipante?

Entonces Miriam y yo nos miramos. Bueno, yo la miro y ella intenta enfocar en mi dirección. No tiene mucho éxito, pero nos entendemos sin palabras. Sé que está pensando en la Arboleda, ¡y yo también! Y, sí, la idea del campo es superguay. Pero ¿qué pasa con el bosque, sus pájaros y sus paseantes?

Por eso me pongo seria:

—Respecto a eso..., antes de salir ahí me gustaría comentaros una cosa.

Mi equipo entero me mira. Miriam sonríe y yo sé que hago lo correcto.

La entrega de premios es uno de los mejores momentos de mi vida. Las gradas siguen repletas y hay flashes de cámaras, de las de los padres, pero ¡también profesionales! Por suerte, esta vez no están fotografiando a ningún saboteador, **¡lo importante es el Amistad!** Darío está en primera fila, con ese traje tan elegante. Y al fondo veo a Laia, que nos mira con los brazos cruzados y una sonrisa. Sé que se alegra por nosotros, y yo me alegro de que por fin podamos ser amigas.

Entonces llega el momento: un chico llega con una copa, y todo mi equipo chillamos al alzarla en lo alto. **¡HEMOS GANADO LA COPA!** Acto seguido, una chica nos da un cheque enorme, de esos que parecen una camilla. Martina nos ha dicho que ese no es el de verdad, que solo vale para las fotos, pero Gael y Kike lo cogen con tanto cuidado como si fuera de oro.

—Enhorabuena, Amistad. **¡El premio es vuestro!**

La gente nos aplaude y Sintá Mendoza se acerca con un micro en la mano. Nos dedica una sonrisa enorme.

—Imagino que ha sido un torneo muy emocionante. ¡Felicidades de parte de *El Investigador*! ¿Alguna palabra para los niños futbolistas que os admiren?

GANADORES
TORNEO INFANTIL DE FÚTBOL
CHEQUE PARA LA CONSTRUCCIÓN DE UN ESTADIO
CON EL NOMBRE ___El Amistad___
EN LA ARBOLEDA NORTE

Me planta el micrófono en la cara y los demás me miran expectantes. Claro, ser capitana también tiene estas cosas. Me aclaro la garganta intentando no ponerme roja.

—Esto... Que sigan jugando y luchando por sus sueños —digo—. **¡Todo es posible si trabajas duro!**

—Además de la copa, el Amistad se lleva un premio muy interesante. ¡La construcción de un campo con vuestro nombre! ¿Estáis ilusionados?

Veo que Darío empieza a incorporarse con gesto satisfecho, y me apresuro a responder:

—La verdad es que suena bien, pero al final hemos pensado otra cosa —digo. Darío se queda petrificado, con la misma expresión que si le hubiera tirado por encima un cubo de agua congelada. Al fondo, Laia arquea las cejas.

La periodista también nos mira sorprendida, pero me mantengo firme y tranquila. ¡Yo y todo mi equipo! Me aparto un poco para que Miriam hable:

—El equipo Amistad tiene **UNA PETICIÓN**. En vez de construir un campo en la Arboleda Norte, ¡queremos protegerla!

—¿De qué estáis hablando? —pregunta Darío, atónito, desde el público.

—**Nos encanta el fútbol, pero ya tenemos sitios de sobra donde jugar.**

—El parque, el polideportivo, el estadio local, el patio del colegio... —enumera Gael—. ¡Y hasta mi cocina hasta que mis padres me pillen!

—Pero, en cambio, hay cada vez menos espacios verdes. **¡No podemos perder ese trocito de naturaleza!** ¡Por eso el equipo Amistad quiere donar casi todo el dinero del premio a la asociación de vecinos que quiere protegerlo!

—¡Esto es un error! —Darío ha perdido la sonrisa y tiene el ceño fruncido. ¡Parece que no es tan majo cuando no se sale con la suya!

—Al contrario. **¡Estamos muy seguros de lo que hacemos!**

Laia asiente desde el fondo de la sala, y sé que, si estuviera en nuestro lugar, habría hecho exactamente lo mismo.

—Es un disparate. ¡Son solo niños! —protesta Darío, que se tira de la corbata.

—**Son los ganadores del torneo** —interviene Martina, de brazos cruzados.

—Y usted estaba muy interesado en que su opinión se tuviera en cuenta, ¿no es así? —responde Sintá, con una sonrisa hacia la primera fila. Allí, los organizadores hablan entre ellos, pillados por sorpresa—. Supongo que la organización querrá escucharlos.

Hay carraspeos, susurros, miradas de reojo y todo un debate rápido bajo la mirada de todo el público. Al final, uno de los organizadores carraspea:

—Queríamos darles a los ganadores la oportunidad de influir con este premio. Y el equipo Amistad ha demostrado que no solo son los mejores del torneo, sino que además ¡están muy concienciados! Ellos son los ganadores, así que ellos deciden. ¡Protegeremos la Arboleda!

¡LO HEMOS CONSEGUIDO! Nos abrazamos con gritos de felicidad mientras las gradas y los Black Storm nos aplauden. ¡La Arboleda está salvada!

Pero la entrevista no ha acabado. Cuando la gente se calma, Sintá se dirige a Martina:

—Entrenadora, el equipo también se lleva una pequeña cuantía económica, que normalmente se destina a cubrir necesidades como una equipación nueva o a sufragar los trayectos del equipo. ¿A qué se destinará esta cantidad? ¿También a la Arboleda?

Martina me mira **de reojo** y sonríe, dejándome espacio para responder.

—En realidad, sí que queríamos reservárnoslo para nosotros —confieso—. Hemos pensado que, después de este partido, **¡nuestra portera se merece unas gafas nuevas!**

El equipo estalla en carcajadas y alzamos **LA COPA**, ¡más orgullosos que nunca! El público nos aplaude a rabiar. ¡Incluso los Black Storm se unen a la ovación! Y, a pesar del ruido, me parece escuchar el suspiro de alivio que dan los padres de Miriam.

Este libro se terminó
de imprimir en el mes
de marzo de 2022.

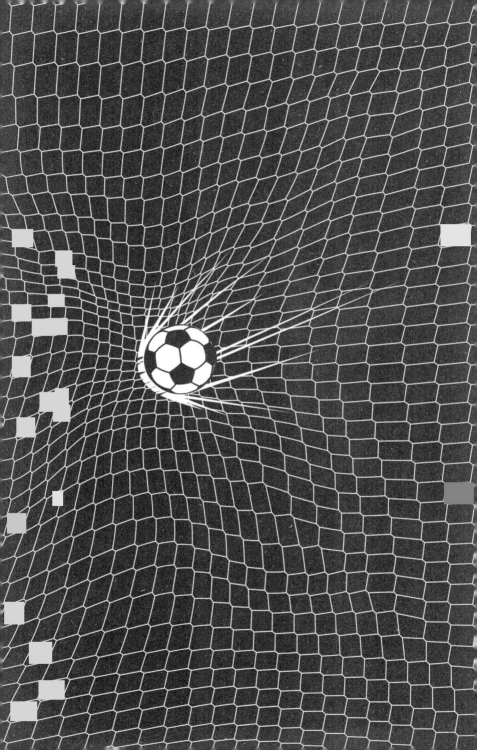